Felix Holländer, Hans Land

**Die heilige Ehe**

Ein modernes Schauspiel in fünf Akten

Felix Holländer, Hans Land

**Die heilige Ehe**
*Ein modernes Schauspiel in fünf Akten*

ISBN/EAN: 9783743353459

Hergestellt in Europa, USA, Kanada, Australien, Japan

Cover: Foto ©Andreas Hilbeck / pixelio.de

Manufactured and distributed by brebook publishing software (www.brebook.com)

Felix Holländer, Hans Land

**Die heilige Ehe**

Felix Hollaender. — Hans Land.

Ein modernes Schauspiel in fünf Akten.

1893
S. Fischer, Verlag
Berlin.

Von **Felix Hollaender**

sind ferner erschienen:

| | |
|---|---|
| Jesus und Judas, ein moderner Roman | Preis Mk. 3,50 |
| Magdalene Dornis, ein moderner Roman | „  „  3,50 |

Von **Hans Land**

sind ferner erschienen:

| | |
|---|---|
| Stiefkinder der Gesellschaft | Preis Mk. 2,— |
| Die am Wege sterben | „  „  1,50 |
| Amor tyrannus | „  „  1,— |
| Der neue Gott | „  „  3,— |
| Sünden | „  „  2,— |

# Vorwort.

Dem vorliegenden Werke, das im Berliner Residenz-Theater im November dieses Jahres in Scene gehen sollte, wurde durch Verbot des königl. Polizei-Präsidiums die Bühne verschlossen.

Die Aufführung des Werkes wurde „aus sittenpolizeilichem Bedenken" untersagt.

Die Bemühungen der Autoren, diese Verfügung der Behörde rückgängig zu machen, waren vergeblich, da man an „höherer Stelle" die Ansicht aufrecht hielt, die Tendenz des Werkes richte sich gegen die Institution der Ehe und bezwecke deren Verhöhnung.

Die Verfasser übergeben nunmehr dies Drama dem deutschen Publicum und rufen die öffentliche Meinung zum Zeugen dafür an, daß man ihnen eine Tendenz unterschob, von der im Werke selbst auch nicht leiseste Spuren zu wittern sind. Ein dem Leben entnommener Einzelfall vielmehr ist in consequenter Tragik entwickelt worden.

Ein Appell an den Minister des Innern, Grafen von Eulenburg, blieb erfolglos.

Der Minister, der nach Lectüre des Werkes sich nicht veranlaßt sah, die polizeiliche Maßregel aufzuheben, hielt es sogar für nicht angemessen, die Autoren, die sich persönlich an ihn wandten, vorzulassen.

Da aber nur auf der Bühne zu vollem Leben das Drama erwacht, so werden die Autoren diesem ernsthaft gewollten Werke mit allen gesetzlichen Mitteln den Weg zur Schaubühne freizumachen suchen.

Sie glauben damit nicht nur selbstischem Interesse, sondern einer allen unabhängigen Künstlern gemeinsamen und nicht geringen Sache zu dienen.

Es soll sich nunmehr erweisen, ob ernsten Zielen zustrebenden Künstlern auf der deutschen Bühne sich zu äußern, versagt bleibt, während die Adolf-Ernst-Zote und ungezählte, andere Schlüpfrigkeiten frohgemuth ihren Freipaß nützen.

Das soll nun vor preußischen Richtern verhandelt werden.

Berlin, im October 1892.

**Die Verfasser.**

# Personen.

Theodor Langner, Rentier.
Frau Langner.
Fritz Langner, Bankdirektor, deren Sohn.
Dr. Mixius, Syndicus.
Frau Gebhardt.
Mellanie, deren Tochter.
Frau Röseler.
Erich \} deren Kinder.
Lieschen
Ein Dienstmädchen.
Ein Livréediener.

Den Bühnen gegenüber Manuscript.
Alle Rechte, vorzüglich das der Uebersetzung, vorbehalten.

# Erster Akt.

Rechts und links vom Schauspieler.

Zimmer bei Lieschen Röseler. Wohliges Damenboudoir, vorwiegend pfaublaue Plüschdrapierung, dasselbe Motiv an Möbeln, Portièren, Fensterüberhängen. Japanische Fächer und Schirmdekorationen ebenfalls auf blauen Grundton gestimmt. Im Hintergrunde eine Thür, links eine geschlossene Portière, rechts großes Fenster mit crêmefarbigen, geschlossenen Stores. Im Hintergrunde Panneelsopha, davor runder Tisch von Sesseln umstellt. Großer blauer Teppich. Neben der Portière mittelgroßes Silberschränkchen, doppelthürig. In der Ecke zwischen Hintergrund und linker Wand, großer Spiegel ohne Rahmen mit Plüschdrapierung bis zur Decke hinauf von zwei goldenen Amoretten gehalten. Auf der Spiegelplatte Elfenbeinkämme mit Bürsten und Puderschachtel, Parfüms, Zerstäuber, Fächer u. s. w. Rechts im Vordergrunde eleganter Rauchtisch mit Zubehör. Rechts und links über dem Sopha die Graef'schen Bilder „das Märchen" und „Felicie". Hinten am Fenster kleiner Damensecretair.

---

Lieschen (Mittelfigur, voll, dunkelbraunes Haar, Madonnenscheitel, zarter Teint, melodische, einschmeichelnde Stimme, etwa 21 Jahre alt. Ruhige Bewegungen, ihre ganze Persönlichkeit atmet bei allem Temperament Behaglichkeit.)

Frau Röseler (untersetzt, dick, grau meliertes, geschei=

teltes Haar. Etwas schrilles Organ, Gesichtsausdruck pfiffig, Benehmen frech=devot.)

Erich (schlank, groß, blond, gedrehtes Schnurrbärtchen, fade Gesichtszüge, forcierte Schneidigkeit, etwa 23 Jahre.)

Frau Röseler, Lieschen (vor dem Spiegel stehend.)
Erich (auf dem Sopha liegend, Lokal=Anzeiger lesend.)
Frau Röseler. Alles was recht ist, die Steincke arbeit't jut. Das sitzt wieder!

Lieschen. Wirklich? Sitzt's? —

Frau Röseler. Aber pieckfein! (zupft hinten an der Taille.)

Lieschen. Und hinten? Keine Falte?

Frau Röseler. Wie angegossen.

Erich (über die Zeitung blickend). Bildscheen — — einfach bildscheen. —

Lieschen. Was Du schon weißt!

Erich. Na, erlaube mal . . .

Frau Röseler. Laß man. Der Junge hat Jeschmack.

Erich. Na — unn ob . . .

Lieschen. Freu' mich wirklich . . . (Seitenblick in den Spiegel). (Freudig) Na, wenn Fritz kommt!

Erich. Du . . . was kost't der Scherz?

Frau Röseler (mit halber Wendung zu Erich, stemmt die Arme in die Hüften). Willst Du's bezahlen?

Erich. Ich? (Zu Lieschen, gemütlich). Mutter is jut! Macht Witze. Ich unn bezahlen!

Lieschen. Schon wieder klamm, Erich?

Frau Röseler. Weißt doch, — dicke hat er's ja nie ...

Erich. Wovon'n auch? Unsereins — jammervoll — unsterblicher Dalles. Kann Dir sagen, — an der Börse wird mehr verdient ... frag' mal Fritzen ...

Lieschen (abwehrend). Ach was — Fritz! (Unwillig.) Aber sage mal, — haben doch erst'n Achten!

Erich. Weißt doch, achten, achtzehnten oder achtundzwanzigsten — immer derselbe Rummel.

Frau Röseler (zu Lieschen). Dir is jeglückt. Man braucht sich blos hier umzusehen. Was De willst, haste. Da fehlt auch reine nischt! Unn wie nobel das alles is! Kann bei de feinsten Leute nich scheener sein. Du brauchst natierlich nich zu rechnen. Du hast't nich neetig! Du kennst das jarnich mehr wie das is, wenn man sich'n Kopp zerbrechen muß um jeden Dr . . . . .

Lieschen. Sag' das nich.

Erich (zu Frau Röseler). Hat jroße Sorgen, Mutter. (Zu Lieschen). Thust mir wirklich leid. Was so'n Mädel schon auszustehen hat ...

Lieschen. Sorgen hat schließlich jeder.

Frau Röseler. Sorgen . . . . kommt immer drauf an, was für welche. Kann Dir sagen, Lieschen . .

Lieschen (stutzt). Was is denn nu wieder? Was habt Ihr denn?

Erich und Frau Röseler. (Wechseln stumme Blicke).

Lieschen. Aber so red't doch! Man kriegt ja ordentlich Angst.

Erich (reckt sich). Faule Sache.

Frau Röseler. Is uns wirklich sehr peinlich — sehr peinlich . . . wahrhaftig . . .

Erich (rasch). Gerne sinn wer nich jekommen — Du . . .

Lieschen (geht einen Schritt auf Erich zu). Was is passiert? Sprich endlich — Du brauchst Geld?!

Frau Röseler (bastelt am Ohrring).

Erich. Was Du für'n feinen Riecher hast . . . stimmt, Lieschen.

Lieschen. Konnt' ich mir denken. Natürlich. Wieviel is es?

Frau Röseler (halb beleidigt). Brauchst nich jleich Angst zu haben. Kopf wird's nich kosten. Thust ja jerade . . . .

Lieschen. Hab' ja noch garnichts gesagt.

Erich. Nu red' erst nich. Lieschen is jarnich so.

Lieschen. Was brauchst Du?

Erich (unentschlossen). Sieh mal . . . ich habe . . . da . . . (die Nägel besehend, mit einem Ruck sich entschließend) n' Wechselchen. (Sieht Lieschen forschend an). Ja, n' Wechselchen; biste böse?

Lieschen (zuckt die Achseln, halb vorwurfsvoll halb ratlos).

Erich. Is ja nich schlimm. Kann ja mal vorkommen.

Lieschen. Nein, Erich, das darf nicht vorkommen. Wechsel . . . Wohin soll das führen?

**Frau Röseler.** Hast ganz Recht, Lieschen, — ganz recht haste. Der Junge is leichtsinnig, leichtsinnig is er.

**Erich** (aufbrausend). Herr Jeses... Herr Jeses... macht nich so'n Sums.. Zweihundert Mark... was is denn nu schon! Thut ja jerade....

**Lieschen** (entsetzt). Zweihundert Mark, Erich! Zweihundert Mark?

**Frau Röseler** (hat unterdessen vom Tisch eine Häkelarbeit genommen, die sie mit scheinbarem Interesse studiert.)

**Erich** (frech). Donnerwetter ja! Zweihundert Mark!

**Frau Röseler** (beschwichtigend). Einmal kannste ihm schon noch helfen, Lieschen.

**Lieschen** (nachdenklich, gedrückt). Hundert vorigen Monat, am Ersten fünfzig und jetzt wieder zweihundert. Du lieber Himmel! Wo soll ich denn das hernehmen?

**Frau Röseler** (piquiert). Is Dir wohl zuviel? Was? Is Dir wohl zuviel für Deine Familie?

**Lieschen** (verletzt). Aber Mutter!

**Erich** (scheinbar in die Zeitung stierend, pfeift vor sich hin, läßt die Beiden nicht aus den Augen).

**Frau Röseler.** Wirste Dir mal hundert Mark mehr geben lassen. Was Deinem Fritz das schad't! Andere Mädchen...

**Lieschen** (braust auf). Hör' mal Mutter, das verbitt' ich mir. Das verbitt' ich mir ganz entschieden! Andre Mädchen! Was heißt das: Andre Mädchen!

Ich thu was ich kann . . . Ich spare mir jeden Groschen für Euch ab. Jeden Groschen. Aber Erich is liederlich! Erich denkt das geht so . . . . (gedämpft) ich schäm' mich ja . . . . .

Frau Röseler. Du schämst Dich! Sehr gut! Se schämt sich, Erich — aber für'n Schneider, da langt es! Da is nichts zu teuer. Wenn man kommt, was Neues. Die Steincke lebt ja fast von Dir. Blos für de Familie — da biste nich zuhause.

Lieschen. Das is nich wahr, Mutter. Das kannste nich sagen. Weiß Gott — nicht. Ich hab' Euch oft genug geholfen. Fritz weiß das garnich. Darf's garnich wissen . . . . Ich kriege was ich brauche — reichlich — und würde niemals mehr verlangen. Hätt' ich das gewollt, wäre Manches anders.

Frau Röseler. Du hast eben kein' Sinn für de Familie, (sich lustig machend) genierst Dich, — warum machste nich'n Mund auf? Warum biste so dumm?

Lieschen. Darüber rede nich! Sowas werd' ich niemals thun! Das ist mein Stolz, Mutter.

Frau Röseler. Kein' Ton würd' er sagen.

Lieschen. Mag sein. — Vielleicht. (Nachdenklich zuversichtlich): Gewiß . . . Und trotzdem.

Erich. Willst uns also nich raushelfen?

Lieschen. Ich kann nicht. Ich hab's nicht. Is kein böser Wille von mir.

Frau Röseler (heftig). Wenn man sowas hört! De Platze kann man kriegen! Unerheert! Sowas!

Erich (steht auf). Na, denn is jut. Komm Olle! Se will nich! Se is zu fein! Se will nischt mehr von uns wissen. Natürlich. Hab' ich Dir ja gesagt!

Lieschen. Pfui, Erich! Das is nicht schön von Dir! Das is sogar gemein! Mir das zu sagen — mir! Ihr könnt Euch da nich so reinversetzen! Ich kann nicht anders. Es geht nicht, wahrhaftig 's geht nicht! Dann wär's aus — alles — alles ... Dann ... dann ... Du lieber Gott ... (resigniert) ja, so kommt 's nu.

Frau Röseler. Scheen is es nich von Dir. Unn merken wern wir's uns auch. (Reißt ihren Mantel von der Sophalehne). Komm, Erich!

Erich. Schieß mich tot ... einfach. Giebt garnichts anderes.

Lieschen (geängstigt). Erich — Erich! Sowas nur zu reden! Kann's garnich ....

Erich (scheinbar gleichgültig). Willste oder willste nich?

Lieschen (streicht ihr Haar hinter's Ohr, sieht wie hilfesuchend umher).

Erich (wirft sich in einen Sessel). Morgen früh muß ich's haben. Entweder — oder. Hab' mein Wort gegeben. Verlier sonst meine Stelle. Also ....

Frau Röseler (schlichtend). Jott, so'n armer Postsecretär, bei dem bischen Gehalt, is doch keen Wunder, Lieschen.

Lieschen. Weiß ja. Kenn ja das Elend, noch von Vatern her. Lieber Himmel ... will ja auch sehen ..

Frau Röseler (triumphierend). Na siehste, Erich! Wer hat nu wieder Recht gehabt. Se is jut... Se thut man nur so. Se hat 'n jutes Herz. Leicht hat se's auch nich, wenn man's bedenkt. Se is nich so wie de Andern. Man merkt, daß se anständ'ger Leute Kind is. Sowas hält. Sowas verliert sich nich. Das liegt in de Erziehung.

Lieschen (unangenehm berührt). Laß', Mutter. Bitte — Bitte — laß.... (Pause). (Nestelt an ihren Taillenknöpfen, sieht sich um, leise): Wie das dunkel geworden ist.

Frau Röseler (eifrig). — Ja... ja, de Tage sinn kurz, Lieschen, 's geht jetzt schnell. Wie lange noch....

Lieschen (nimmt die Lampe von der Etagere, zündet sie langsam an, wirft einen erschreckten Blick auf den Regulator, rasch): Schon dreiviertel sechs! Herr Gott, ist das spät geworden!

Erich und Frau Röseler (wechseln einen Blick des Einverständnisses).

Erich. Wir gehn schon... wir gehn schon... Keine Angst....

Frau Röseler. Hilf mir mal in'n Mantel, Junge!

Lieschen (hinzuspringend). Laß man, mach ich schon, geht schneller...

Frau Röseler (empfindlich). Hast D' es denn so eilig?

Erich (begütigend, dreist). Herr Jott, se liebt'n doch, hat'n seit jestern nich jesehn. Kannste ihr doch nich übel nehmen, Mutter.

Frau Röseler (besänftigt). Nee — nee — jarnich — Was wollt Ihr denn von mir?.. Is ja jut... Los Junge, fix 'n bischen!

Erich (zieht seinen Ueberzieher an).

Lieschen (setzt Frau Röseler den Hut auf und bindet die Bänder).

Frau Röseler. Nich so fest de Schleife, Lieschen, — so — so — (zu Erich). Biste nu fertig, Junge?

Lieschen (sieht unstät nach der Uhr).

Erich. Fertig sinn' wer. Allons! (Zupft die Mutter am Rock, wechselt einen Blick mit ihr).

Frau Röseler (nickt). Hm... (zu Lieschen). Lieschen? Wann könn' was denn holen? Von wegen....

Lieschen (stutzt, horcht auf, rasch, mit Mischung von Verlegenheit). Fritz!.... (Man hört a tempo draußen schließen).

Frau Röseler und Fritz (etwas erregt beiseite tretend).

Lieschen (stürmt auf die Thür zu).

Fritz Langner (blühender Dreißiger, schlank und kräftig, brünett, kurzgeschorenen Spitzbart, ebenfalls ganz kurz geschorenes Haupthaar. Elegant und sicher, chevaleresk). (Tritt ein im Mantel, in der Linken Chlinderhut und Stock mit Silberkrücke, mit der Rechten den Schlüssel in die Tasche steckend).

Lieschen (freudig). Fritzi! Da bist Du ja! Da bist Du ja! (Greift nach seiner Hand, instinctive Bewegung, ihn zu umarmen, hält inne).

Frau Röseler (devot, zuthunlich). 'N Tag, Herr Directer. (Knixt).

Erich (stramm). Ihr Diener! (Verbeugt sich).

Langner (cordial mit Anflug von ärgerlicher Ueberraschung). 'Tag, meine Herrschaften! (Frau Röseler die Hand reichend). Gut auf'm Damm, Frau Röseler?

Frau Röseler. Na so sachte. Es jeht ja... Man muß zufrieden sein.. — — Herr Directer sehen wirklich bliehend aus . . . . .

Langner (fällt ihr in's Wort, zu Erich). Na und Sie, junger Stephanide?

Erich (geschmeichelt, lächelt, dienert).

Frau Röseler (geschwätzig). Wie Sie sich halten, Herr Directer, is wirklich jroßartig . . . . Jeden Tag an de Börse, — das is woll nischt? Das setzt sich nich in de Kleider. Unn so'n Directerposten, — das denk' ich mir schrecklich schwer, aber Sie werden jeden Tag jünger, — jeden Tag . . .

Langner (abwehrend). Is nich so schlimm, Frau Röseler.

Frau Röseler (aufdringlich). Sehn Se mal, das is ja alles ganz scheen, aber . . . . .

Lieschen (in's Wort fallend). Willst Du nich ablegen, Fritzi?

Erich. Komm, Mutter.

Frau Röseler. Herr Jeses, hab'n wir uns ver=

quasselt! Nu aber 'n bischen dally, Erich. (In ge‑
spreizter Haltung). Herr Director, ich habe mich sehr
jefreut. Es war mir ein aufrichtiger Jenuß.

Erich. Ihr Diener, Herr Director!

Langner (kühl). Guten Abend!

Frau Röseler (mit eindringlicher Betonung). Lie—
se—ken!

Lieschen (ungeduldig abwinkend). — Ja..ja, schon gut!

Frau Röseler. Na denn — adje! . . .

Frau Röseler und Erich (ab).

(Pause).

Fritz (legt langsam ab).

Lieschen (hilft ihm, tritt beiseite, gespannt auf etwas wartend).

Fritz (hat abgelegt, zerstreut auf die Wand blickend).

Lieschen (befremdet). Fritz!

Fritz (bleibt stumm).

Lieschen (eindringlich). Fritz! . . . .

Fritz (herausplatzend). Du — das hab' ich nich
gern . . . . Das is mir unangenehm. Sehr un‑
angenehm! . . . . Wenn ich zu Dir komme, will
ich allein sein. Ein für allemal. (Einlenkend). Hab'
ja garnichts dagegen, daß Du mal zu Deiner Mutter
hingehst, kannst sie auch hier empfangen. Hab' gar‑
nichts dagegen. — Blos wenn ich komme, paßt mir
das nicht! Ich will hier niemanden treffen.

Lieschen (ist währenddessen still stehen geblieben, hat
ihn unverwandt vorwurfsvoll angesehen).

2

Fritz (wird aufmerksam). Was denn? Was haste denn? Nimmste mir das übel?

Lieschen (schüttelt den Kopf).

Fritz (tritt auf sie zu). Sag doch, Du! . . . Was haste denn, Kind? Bist so merkwürdig heute . . .

Lieschen (wendet sich schmollend ab).

Fritz (rasch, zärtlich, faßt sie an beiden Schultern, wendet ihren Kopf sich zu, lachend). Hach — Du — kleines Schäfchen . . . Du süßer, kleiner Kerl — — (küßt sie wild). Das kann man doch mal vergessen.

Lieschen. Nein — nein — (stampft auf). Das darf man nicht vergessen, das — —

Fritz (schließt ihren Mund mit einem Kuß). Herr Jeses! Herr Jeses! Sei nur wieder gut! Man kriegt ja ordentlich Angst.

Lieschen (blickt einen Moment auf die Finger, schwankt eine Secunde, dann reißt sie die Arme auseinander, preßt Fritz stürmisch an sich und erstickt ihn mit Küssen).

Fritz (abwehrend, atemlos). Du — Du — au! . . . (schreit) Hülfe! Hülfe!

Lieschen (küßt weiter in wilder Zärtlichkeit). Du — — Du . . .

Fritz (versucht sich loszumachen). Würgst mich ja, Kind!

Lieschen (einhaltend). Du Schwächling — Du — (nimmt seinen Kopf zwischen ihre Hände, sieht ihn einen Moment mit zurückgebogenem Körper trunken an, nähert sich ihm dann ganz langsam mit gespitzten Lippen und küßt ihn). Mein Fritzi! . . .

Fritz (streicht ihr Haar glatt). Na . . . na . . . .

also — — siehste ... nu ... nu sind wir wieder gut — Du wildes Kätzchen! Nur nich — — nur nich immer so, wer wird denn immer gleich . . . . .

Lieschen. Du — Du — Du (ausbrechend) Du weißt ja garnicht, wie lieb ich Dich habe!

Fritz (sie betrachtend). Wie Du nur wieder aussiehst! Das muß man blos sehen! (Glättet ihr Haar flüchtig).

Lieschen (spöttisch). Aber Du — Du siehst schön aus . . . (will nach seinem Shlips greifen). Ja . . .

Fritz (weicht unwillkürlich aus).

Lieschen. Die Angst! Thu Dir ja nichts! Kriegst heut überhaupt kein' Kuß mehr. — Shlips is los . . . . Halt mal!

Fritz (beruhigt). Ach so . . . . na . . . (jetzt sich).

Lieschen (bindet ihm den Shlips). So . . . siehst doch wieder menschlich aus. Erlaub' mal. (Geht vor den Spiegel, schlägt die Hände zusammen). Wie Du mich zugerichtet hast! (Nimmt Kamm und Bürste, macht Toilette, legt plötzlich beides hin, wendet sich mit einem Ruck zu Fritz um). Pfui! — Schäm Dich!

Fritz. Was willst De denn nu wieder?

Lieschen (empört). Nein — nein wirklich — das — das 's nich hübsch von Dir.

Fritz. Ja — aber — — was haste denn? Quälst mich ja! In Einem fort beleidigt . . . . heute . . .

Lieschen (weinerlich). Is aber auch! Mein neues Kleid . . . . siehste wohl garnich?!

Fritz (kühl). Ach so .... sehr hübsch ... sehr hübsch.

Lieschen (dreht sich um). Und wie das hinten sitzt — guck mal! — Keine Falte! Wie angegossen! Was! Die Steincke — das Frauenzimmer kann was!

Fritz (wie oben). Sehr hübsch .. wirklich sehr hübsch!

Lieschen (enttäuscht). Bist 'n Brummbär heute. Garnichts mit Dir los. — (Besorgt). Hast Du Aerger gehabt?

Fritz (in Gedanken). Auch. — —

Lieschen (streichelt ihn, setzt sich auf sein Knie). Armer Kerl. —

Fritz (wehrt ab). Laß ...

Lieschen (steht auf). Na — wollen Kaffee trinken. (Geht zum Telegraphenknopf, will klingeln, besinnt sich). Ach was, mach' ich selber! (Geht zum Schrank, nimmt die Kaffeedecke heraus, breitet sie über den Tisch, die Ecke zu Fritz zu bleibt frei). Willste nich mal anfassen ... Du?

Fritz. Bin müde. (Legt sich auf's Sopha.)

Lieschen. Faul bist Du, Schatz, faul ... Rauchen?

Fritz. Nee — na — Cigarrette ...

Lieschen (nimmt vom Rauchtisch eine Cigarrenkiste, auf der eine ägyptische Cigarrettenblechkiste steht, stellt beides auf den Tisch, zündet die Cigarrette an, raucht ein paar Züge, giebt sie Fritz). Da ... (Stellt Tassen, legt Löffel, setzt Zuckerdose, Sahnentopf hin, geht zur Thür links hinaus und bringt auf einem Brette eine holländische Kaffemaschine, zündet den Spiritus an.) Du — — der Teppich .... (läuft zum Rauchtisch und holt den Aschbecher). So .... (Setzt sich zu ihm). Rück'n bischen. (Streichelt seine Hand, starrt in die Spiritusflamme, träumerisch): Möcht heut in's Theater gehn ... oder — oder mal Austern essen — — ach nee — lieber nich — is zu teuer .... Wie geht's bei Euch zuhause? Was neues?

Fritz. Nein.

Lieschen. Sag mal, haste heut im Lokal-Anzeiger das gelesen?

Fritz. Was denn?

Lieschen. Schrecklich — wirklich schrecklich. „Mord und Selbstmord" war die Ueberschrift .... Hat jemand seine Braut und sich totgeschossen ... Hast's nich gelesen?

Fritz. Passiert alle Tage. Sind Dummheiten. Wollen alle mit'n Kopf durch die Wand. Überspannte Sorte — das.

Lieschen. Sag' das nich. Kann mir das sehr gut vorstellen. Müssen schrecklich unglücklich gewesen sein.

Fritz. 'S geht nicht alles so wie man möchte. Kannst 's glauben, Kind ... Die Leute haben selber schuld — müssen sich fügen ...

(Die Maschine klappt, die Flamme erlischt).

Lieschen (schenkt nachdenklich ein). Ja — ja — sich fügen .... so'n Mann ... dem wird's schon leicht, aber so'n armes Mädchen — was soll das anfangen?

Fritz (seufzt, trinkt).

Lieschen. Is er gut?

Fritz. Is gut! Ja. —

Lieschen. Soll ich Dir'n Brötchen schmieren?

Fritz. Danke.

Lieschen. Vielleicht 'n Stückchen Cakes?

Fritz. Nein. Hab' kein' Appetit.

Lieschen. Weißt Du (aufseufzend). Mutter hat sehr geklagt .... (kleine Pause, sieht ihn gespannt an).

Fritz (zerstreut). So . . .

Lieschen. Hat große Sorgen . . . .

Fritz (wie oben). Hm . . . .

Lieschen (springt auf, stellt sich hoch aufgerichtet vor ihn hin, sieht ihn nochmal ängstlich prüfend an und sagt dann rasch). Du hast was! Was ist Dir . . . .

Fritz. Garnich . . . garnich.

Lieschen. Rede nich — Du hast was . . . . Du bist heut anders. Vom ersten Augenblick an. Hab's gleich gemerkt. Ganz — ganz anders wie sonst. Verdrießlich, unfreundlich, redst nich? kannst Dich garnich verstellen. Fritz, sag's, was is? Sag's mir! Wem sollst De's denn sagen?

Fritz (hält sich die Stirn, ratlos). Kind — Kind — Kind . . . .

Lieschen. Siehst Du . . . siehst Du . . . . ich hab recht. Es is was! (kniet vor ihm, die Hände auf seine Schenkel legend). Schatz . . . . bitte . . . sag's

... was is es? ... bitte, schnell, schnell, sag's, was is es denn?! Um Gotteswillen! ...

Fritz (seufzt tief auf).

Lieschen (springt auf, geht ein paar Schritte zur Seite, sinkt matt wie in Resignation auf einen Stuhl, die Hände im Schooße, die Schultern sinken lassend, den Kopf vorn über geneigt).

Fritz (sieht ihr angstvoll in's Gesicht).

(Kleine Pause).

Lieschen (bewegt, in verhaltener Verzweiflung). 'S is was mit mir — — mit mir — — so sicher ...

Fritz (noch einen Moment schwankend, sieht sie lauernd von der Seite an, durch seinen Körper geht ein Ruck, mit welchem er seinen Entschluß andeutet. Steht auf, tritt auf sie zu, faßt sie an der Schulter, führt sie zum Sopha, gedämpft): Komm, Lieschen, setz' Dich.

Lieschen (folgt widerstandslos).

Fritz (entschlossen). Hast Du nie daran gedacht, Lieschen ... ,

Lieschen (bleibt stumm).

Fritz. Hast Du nie daran gedacht, daß irgend .... irgend etwas ..... irgend etwas — ich meine, daß — daß — daß etwas zwischen uns treten könnte ... plötzlich, viel schneller als man ahnt, das ... das kommt über Nacht. Eines Tages ist es da, man weiß nicht wie. (Ernst) — dann ist's zu Ende — alles zu Ende ...

Lieschen (wie oben).

Fritz (fassungslos, rasch). Hast Du gehört, hast Du mich verstanden? (sich überstürzend, bebend) die Verhältnisse .... Du — Du ahnst garnicht, wie stark die sind. Stärker als wir! Was da alles mitspielt! Man denkt, man bildt' sich ein, man is was, man kann was, über sich verfügen .... — aber dann, dann kommen die Freunde, die Familie, alles was an Einem hängt, woran man selber hängt, erst leise Andeutungen — — — dann stärker — dann immer rücksichtsloser .... man wehrt sich, thut, als glaube man nicht daran .... dann dringen sie in Einen, quälen und martern Einen bis auf's Blut, bis man schwach und mürbe wird und müde ... bis es Einem zum Ekel wird, sich zu wehren. — Dies Hin- und Herreden — dies ewige in Einen bohren, so Tag für Tag, so Stunde für Stunde, jeden Abend und jeden Morgen, bis man stumpf und feige wird und nachgiebt.

(Pause).

Fritz (sieht Lieschen wieder verwundert an).

Lieschen (wie oben).

Fritz (ballt die Fäuste und spreizt die Finger in nervösem Spiel). Was ich gelitten habe, Du glaubst es ja garnicht, das lä ß t sich auch nicht sagen, dieser Kampf, dieses Schwanken (hebt beide Fäuste und schlägt sie auf die Tischplatte nieder, daß das Geschirr klirrt) und der Entschluß!! — Nein — das — das ist wie'n halbes Sterben! (steht auf, geht erregt durch das Zimmer, packt sie an der Schulter, leidenschaftlich): Glaubst Du mir das?

Lieschen nickt leise, kaum merklich, ohne aufzusehen, sie beißt sich auf die Nägel, wippt mit dem Fuße, ihre Lippen zittern, ihre Nüstern beben, sie zuckt mit dem Kopf empor, sieht Fritz

einen Moment starr an; dann preßt sie heraus): Du sollst
Dich verloben... (sinkt wie gebrochen zusammen).

Fritz. Ich soll! — Ja, ich soll!... (Pause,
resignirt in einen Winkel starrend, tonlos): Ich soll....

Lieschen (hebt den Kopf, mutig, kopfschüttelnd). Du
liebst sie nicht.

Fritz (schweigt).

Lieschen (mit verhaltenem Schmerz). So kommt's
..., und so schnell... so sehr schnell... ja —
— so über Nacht...

Fritz (voller Mitleid): Mein Lieb'!...

Lieschen (wie oben): So schnell!... so sehr
schnell. Wie im Traum. — Mein Gott... mein....
(biegt ihren Oberkörper zurück, sieht ihn von der Seite bang
und schweigend an).

Fritz (unsicher, geängstigt). Du .. Du ... was
denn? Du?!

Lieschen (reißt ihre Augen los, kreuzt die Hände auf
dem Tisch, starrt bewegungslos darauf hin und gräbt die Zähne
in die Unterlippe).

Fritz (bleibt stumm).

Lieschen. Gewiß sehr vornehm — sehr klug —
anders wie ich! Liebt Dich wohl sehr?... Ich
glaub's. Und reich? Gewiß sehr reich.

Fritz (mit Anflug von Selbstironie): Ja reich!...
Sehr reich!...

Lieschen (steht auf, geht an's Fenster, blickt in die Nacht
hinaus).

Fritz (sieht unablässig auf sie hin).

(Längere Pause).

Lieschen (dreht sich, wie von einem plötzlichen Gedanken erfaßt, zu ihm um, mit leiser Stimme): Nur glücklich sollst Du werden, nur glücklich, Fritz.

Fritz (stützt den Kopf auf, blickt zu ihr hin).

Lieschen (wird auf einmal unruhig, greift mit nervösen Fingern in den Halsverschluß, als würge sie etwas, dann wendet sie sich plötzlich zur Thür).

Fritz. Du — was — was ist Dir denn?

Lieschen (abwehrend). Nichts — nichts — laß' mich . . .

Fritz (springt auf). Wo willst Du hin?

Lieschen (heftig). Bleib! Bleib — ich — ich muß — muß allein sein (heiser). Ich halt's hier nich aus? . . .

Fritz (ängstlich). Kind! Kind!

Lieschen (fieberisch abwehrend). Nein — nein! — nein!! (flehentlich): bitte — bitte — bitte — nur — nur einen Moment (stürzt hinaus).

Fritz. (Steht einen Moment mit starren Augen zur Thür sehend, als wolle er ihr nachstürzen, klammert sich an den Tisch, stiert auf die sich eben schließende Thür, dann sinkt sein Kopf, seine Haltung wird schlaff, er bricht beinahe zusammen, drückt beide Fäuste an die Schläfen und sinkt in den Sessel, der am Tische steht, ekelerfüllt stößt er hervor): Ä! . . . ä! . . . (legt den Kopf auf die Arme, längere Pause, dann richtet er sich ein wenig empor, sieht sich scheu im Zimmer um, springt auf, stürzt in plötzlichem Einfall an's Fenster, reißt es auf und beugt sich weit hinaus, schließt das Fenster klirrend. Geht erregt durch's Zimmer, wirft sich wieder in's Sopha, zieht ein Zeitungsblatt aus der Tasche, entfaltet es, liest einen Moment, beginnt mit den haltenden Fingern das Blatt zu zer-

knittern, dann, mit heftiger Geberde knüllt er es rasch zu=
sammen und wirft es gegen den Ofen, springt wieder auf und
beginnt von Neuem seinen Gang durch das Zimmer. Es
klingelt. Mit einem Ruck bleibt er auf dem Fleck stehen, stiert
gegen die Thürklinke. Es klingelt von Neuem.)

Fritz (stürzt zur Thür hinaus, dieselbe bleibt offen.
Draußen unverständliches, erregtes Gespräch).
Der alte Langner und Fritz treten ein.

Der alte Langner. (Hoher Fünfziger, corpulent,
Spitzbauch, grauweiße Coteletten, ausrasiertes Kinn, dünner,
grauer Haarwuchs, Platte, goldener Klemmer, jovial, pfiffiger
Gesichtsausdruck, discrete Eleganz, in Mantel und Cylinder,
Stock in der Hand). Was wunderst Du Dich denn?
Wir hatten's doch abgemacht, daß ich mit dem Mädel
rede! Wozu die Aufregung?!

Fritz (gedämpft). Pst! (weist auf die Thür, durch die
Lieschen gegangen ist, unbehaglich). Is ja auch gut so.
Aber heut — doch noch nich heut, Vater!

Langner (leiser, pomadig). Heute ... morgen ...
Wenn man 'ne Sache vorhat, — dann los und —
Schluß! ... Faxen! — Unsinn — erst noch lange
fackeln!

Fritz (wie oben). Aber heut, gerade heut! ... Und
jetzt! ...

Langner (wie oben). Was heißt jetzt? kannste
morgen auch sagen (schlau, augenzwinkernd), oder haste
vielleicht heut' noch was Besonderes vor, Du! —
dann will ich nich stören!

Fritz (peinlich berührt). Nicht den Ton, Vater!

Langner (verwundert) Ton? (satirisch) Ton is jut!

Ton! Junge, Du machst mir Spaß! Auf Töne hab' ich mich wirklich nich eingerichtet (schlägt auf die Tasche). Hier sind de Töne. — — — Is wirklich nich übel. Hier heißt's (streicht mit dem Daumen mehrmals über den Zeigefinger). Wäre mir wahrhaftig lieber, ich brauchte den Ton nicht von mir zu geben.

Fritz (entschlossen). Nee Vater — — nee . . . 's geht nich!

Langner (naiv). Was haste gegen mich?

Fritz (nervös). Gegen Dich . . . gegen Dich . . . Garnichts! Aber wie Du red'st! Wie Du die Sache anfaßt! . . . 's geht ja nich! . . . das kann ich ihr nicht anthun!

Langner (gutmütig). Wenn's weiter nichts is, Junge, ich wer' sehr fein sein, kann ich Dir sagen, — sehr fein . . . .

Fritz. Laß es — laß es . . . Geh . . . Thu' mir die Liebe . . . sprech' selber mit ihr . . . is wirklich besser . . .

Langner (kopfschüttelnd). Redensarten . . . Nich so viel Umstände . . . . mach', daß Du nach Hause kommst! Die Sache muß'n Ende haben! Das Mädel is vorbereitet, haste selber (mit dem Daumen nach der Hinterthür weisend) eben gesagt. Hätt' sich garnich besser treffen können. Wird alles sehr schön abgehen! Was willste eigentlich?

Fritz (zuckt ungeduldig die Achseln).

Langner (legt ihm die Hand auf die Schulter). Geb' Dir mein Wort. Und Spaß beiseite! Kennst mich doch). Werd' ihr (mit der flachen Hand wagerecht durch die Luft streichend) nich wethun . . .

Fritz. Aber . . . . am Ende . . . (rasch, geängstigt), sie kann ja jeden Augenblick reinkommen! . .

Langner (gleichzeitig). Na — desto besser! Mach', daß Du wegkommst!

Fritz (entschlossen, greift zu Mantel, Hut und Stock, tritt dicht an Langner heran, ernsthaft, eindringlich, hebt den Zeigefinger). Vater! — — —

Langner (reicht ihm mit versicherndem Kopfnicken die Hand).

Fritz (leise). Vergeß' dir's mein Lebtag nicht. (Geht zur Thür, bleibt stehen, wendet sich um, sieht sich alles noch einmal, wie Abschied nehmend, langsam an, dann, mit einem Ruck sich losreißend, geht er hinaus).

Langner (zuckt die Achseln, halb bedauernd, halb überlegen, macht eine bezeichnende Bewegung der Hände, dann legt er Hut und Stock auf einen Stuhl nieder und sieht sich schnüffelnd im Zimmer um, setzt den Klemmer auf, zieht ein rotseidenes Taschentuch hervor, schneuzt sich. In diesem Augenblick hört er ein Geräusch, zupft an seinem Rock, kratzt sich hinter dem Ohr, stellt sich in Positur).

Lieschen (tritt ein, bleibt zwischen Thür und Angel stehen, stiert mit weit aufgerissenen Augen Langner an).

Langner (etwas betreten). Langner is mein Name, Langner . . . Fräulein . . .

Lieschen (mit halbgeöffnetem Munde, atmet tief auf, nickt langsam, wie im Verständnis, kommt näher, sieht sich erstaunt, wie suchend um, blickt Langner irre an).

Langner (stotternd). M— m— mein Sohn is

fort, ne — ne — ne Depesche — geschäftlich — geschäftlich abberufen — dringend . . .

Lieschen (schlägt schmerzvoll die Fäuste zusammen, läßt sich wie im Krampfe sinken, macht eine taumelnde Bewegung, als wollte sie vornüber stürzen, wankt zum Schranke, klammert sich an denselben).

Langner (beobachtet sie, beruhigend). Liebes — — liebes Fräulein! . . .

Lieschen (sieht ihn tieftraurig an).

Langner (sinnt noch einen Augenblick nach, dann räuspert er sich, faßt sie bei der Hand und führt sie zu einem Sessel).

Lieschen (setzt sich).

Langner. Seh'n Se mal, Fräulein . . . Wollen uns ganz ruhig darüber unterhalten . . . ganz ruhig — wie verständige Leute . . . Also seh'n Se mal: Der Fall kommt jeden Tag vor. Jeden Tag, Fräuleinchen. Endet immer so. Kann garnich anders sein. 'S is ja schmerzhaft. Gewiß. Geb' ich zu. Aber: man muß vernünftig sein. Kopf oben behalten . . . . Sein wir aufrichtig: darauf mußten Se gefaßt sein. Nu is es soweit . . . So 'n Mensch is nich frei, das können Se sich doch denken. Is ja richtig . . . Er hat Sie sehr lieb. Sind nu Jahr und Tag beisammen gewesen, hat Sie da aus 'm Geschäft rausgenommen. — Die Jugend — — lieber Gott — — man kennt das . . . Und nu heißt's 'n Ende machen . . . Aber nu können Se sich doch denken — — is doch klar, — Leute, wie wir, — is 'n unangenehmer Zustand, 's bedrückt

Einen — 'ne Art Verantwortung (sucht einen Moment nach dem Wort), ja — sogar 'ne — 'ne — 'ne Verpflichtung — — selbstverständlich — 'ne Verpflichtung, das wissen wir sehr gut, Fräulein, das werden wir Ihnen auch beweisen, Sie haben's nich mit'n Ersten-Besten zu thun . . . . (abwehrend) na, das is ja selbstredend. Darüber brauchen wir nich erst zu sprechen: In Ihren Verhältnissen soll sich nichts ändern — (mit Nachdruck) nichts . . . .

Lieschen (reckt sich empor, stützt den Kopf auf die Hand, horcht gespannt).

Langner. Natürlich, selbstverständlich — — — um also kurz zu sein. (Knöpft den Rock auf, zieht aus der Brieftasche ein Couvert). Da sind . . .

Lieschen (steht auf, bebend, lallt halb abwesend). Geld! — — (lauter) Geld!! (schreit drohend) Geld!!!

Langner das Couvert in der Hand, tritt erstaunt und erschreckt einen Schritt zurück, verbeugt sich respectvoll). Pardon, Fräulein: Beleidigen wollt' ich Sie nich. Ich versichere Sie, (discret, beide Hände erhebend) aber . . . mir scheint, Sie fassen die Sache falsch auf . . .

Lieschen (ballt die Fäuste).

Langner. Nur Ruhe, Fräulein, wie gesagt — wie gesagt, wir wollen Ihnen nicht zu nahetreten — keine Ahnung — im Gegenteil — allen Respect — nein wirklich — allen Respect vor Ihnen (bischen ängstlich, leiser). Aber . . . überlegen Sie sich's. Sie haben Zeit. (Knöpft den Rock zu). Kommen Sie, wann Sie wollen.

(Pause).

Lieschen (zuckt auf, als wollte sie etwas entgegnen).

Langner. Na — na — ich sage garnichts mehr, kein Wort. Sie wissen nu (Pause, bedenklich). Aber — na — (beruhigt). das is ja ausgeschlossen — lächerlich, dessen brauchen wir uns von Ihrer Seite nich zu versehen, Sie werden Fritzen später keine . . .

Lieschen (beißt die Zähne aufeinander, sieht ihn mit letzter Selbstbeherrschung gramvoll an).

Langner (blickt flüchtig, etwas eingeschüchtert zu ihr empor, knöpft sich hastig den Rock zu, verneigt sich). Ich habe die Ehre. (Rasch ab).

Lieschen (bleibt eine Secunde im letzten Kampfe wie versteinert stehen, schluchzt gellend auf, wirft sich verzweifelt, weinend auf das Sofa).


(Der Vorhang fällt).

## Zweiter Akt.

Salon bei Fritz Langner. Großes, dreifenstriges Zimmer. Links eine Thür, im Hintergrunde große Schiebethür, mit Portière. Rechts im Hintergrunde eleganter Flügel mit gebundenen und ungebundenen Noten belegt. Großer Smyrnateppich in hellen Farben, hechtgrauseidene Möbel, Roccocoform, Crystallustre, elektrisches Licht; Sophas, Divans, Sessel, Causeusen, Puffsitze, capriciös durcheinander gestellt. Gemälde im Style Watteau's, glitzernde reiche Goldrahmen, marmorne Stutzuhr zwischen Bronzen auf dem reichen prächtigen Kamin. Krystalle, Nippes, Vasen 2c.

Die Gesellschaft kommt zwanglos durch die Mittelthür, durch welche man den Blick in den Speisesaal und auf die gedeckte Tafel hat.

Theodor Langner. (Etwas animirt am Arme seiner Frau.)

Frau Langner. (Dürr, mittelgroß, geputzt, spitze Nase, rauhes Organ.) (Vorwurfsvoll). Langner, Du hast wieder zu viel gegessen . .

Langner (ungemütlich). Fang' nich wieder so an . . .

Frau Langner. Na.... Du wirst 'ne schöne Nacht haben... In Deinem Alter, Langner....

Langner (wütend). Laß mich in Ruhe. (Zieht seinen Arm rasch aus dem Ihren.)

Frau Langner (setzt sich ärgerlich beiseite).

Langner (liebenswürdig zu Frau Gebhardt, die mit Dr. Mixius in eifrigem Gespräch ist). Gnädige Frau... (Bildet mit Daumen und Zeigefinger einen Ring). Süperb ... entzückend ... wunderbar ...

Frau Gebhardt. (Etwa 39 Jahre alt, voll, dunkel, angenehme Züge, weiche Stimme, sehr jugendlich gekleidet, kokett, liebenswürdig.) ... (Schalkhaft) ... Das Essen?

Langner (mit halbem Seitenblick auf seine Frau). 's Essen ... natürlich ... 's Essen — — (Zu Mella, die abseits, am Flügel steht, in einem Notenalbum blätternd). Delicat, Mella ... Delicat! Der Reh= rücken ...

Mella. (Etwa 19 Jahre alt, schlank, elegant, brünett, dunkle Augen, temperamentvoll, nervös.) (Klappt das Album zu, apathisch). Freue mich wenn Dir's geschmeckt hat, Papa ...

Langner. Ausgezeichnet ... ausgezeichnet ... aber ... aber ... 's fehlt noch was! ..

Mella (erstaunt). Was denn Papa?

Langner (zärtlich). Mein Dessert, Kind. (Spitzt die Lippen). Na — — a!

Mella (küßt ihn).

Langner (faunisch, sich auf die Fußspitzen erhebend). Eu! — Eu!! Eu!!

**Fritz** (der sich Dr. Mixius angeschlossen hat, wendet sich rasch um, kurz angebunden). Mella — — der Kaffee!!...

**Mella** (im selben Tone). Gleich! (Geht langsam zur Thür und klingelt).

**Dr. Mixius.** (Groß, hager, schlank, in jeder Beziehung elegant, sicher, überlegen. Etwas verlebte Züge, kümmerlicher Schnurrbart, ganz kurz geschorenes, an den Spitzen grau schimmerndes Haar, kleine Glatze, Kleidung, englischer Schnitt, Pincenez ohne Fassung, müde Haltung, etwas vorgebeugt, beim Sitzen streckt er die Beine ein wenig von sich.) ... Gnädige Frau stellen sich das doch zu leicht vor ..

**Frau Gebhardt.** Jedenfalls , .. ich hab' die Erfahrung für mich. (Geringschätzig.) Sie ... Waren Sie vielleicht verheiratet?

**Mixius** (lacht frivol). Gott, verheiratet — gerade!

**Frau Gebhardt** (klopft ihm mit dem Fächer leicht auf den Arm).

**Langner** (den Dr. Mixius wegdrängend). Nu lassen Se mich auch 'n bischen ran. Nich so stürmisch, junger Freund ... Gefährliche Frau! ...

**Frau Gebhardt** (geschmeichelt lachend). Herr Dr. Mixius könnte ja mein Sohn sein.

**Mixius.** Das sollen Sie mal erst vorrechnen, verehrteste Frau. Achtunddreißig! (Mit dem Zeigefinger auf die Brust weisend.) Wenn Sie erst in das Alter kommen ...

**Frau Gebhardt.** Hast Du das gehört, Fritz?

**Fritz** (höflich). Sehr begreiflich, Mama. Bist eben noch 'ne junge Frau.

**Frau Langner** (spinös). Alles, was recht ist,

Frau Gebhardt, Sie haben sich ausgezeichnet con=
serviert.

Frau Gebhardt (rückt unbehaglich hin und her).

Das Dienstmädchen (tritt ein, trägt Kaffeebrett mit
Mokkatäschen, reicht herum).

Langner (zum Dienstmädchen). Danke! (Zu Mella).
Haste nich 'n Schnäpschen, mein Kind?

Fritz (zu Mella, ungeduldig). Wo bleibt denn
der Cognac?

Mella (geht stumm hinaus).

Langner (zu Fritz). Commandier' doch nich so!...

Frau Langner (spitz). Hat er von Dir...

Langner (sich abwendend zu Frau Gebhardt). Hübsch
sieht sie heute aus, Ihre Tochter!...

Mella (bringt auf silbernem Brett ein Cognacservice).

Mixius (tritt an den Tisch, nimmt eine Cigarre, zu
Mella). Gestatten, gnädige Frau?

Mella. Aber, ich bitte sehr.

Langner (sein Cognacgläschen gegen das Licht haltend,
nicht wohlgefällig). Menkow — nu nee... 59er — was?
(Zu Fritz). Kannst mir auch 'ne Cigarre geben!
(Pafft sie an, lehnt sich zurück, den Rauch von sich blasend,
behaglich): Sone Cigarre nach Tisch — — giebt
garnichts Schöneres! (Müde, ungeniert gähnend). Ich
weiß nicht, was de Leute wollen! Is doch bildscheen
auf der Welt! (Zu Mixius). Nu sagen Se selbst, Herr
Doctor, was fehlt den jungen Leuten hier? Sone
Häuslichkeit, 'n Idyll — geradezu 'n Idyll! Auf=
richtig, Kleine, so scheen haste Dir's wohl nich ge=

dacht. — Nu thun Se mir den Gefallen und sehn Se sich mal hier um, Herr Doctor. Was? (Sieht Mixius fragend an, Pause). Junger Mann — — machen Se 's nach! —

Frau Gebhardt (kokett). Hach — an dem is Hopfen und Malz verloren, Papachen.

Mixius. Ja — ja — bin zu schade dazu . . .

Frau Gebhardt. 'N alter Herr — — Anschluß versäumt . . . nich wahr?

Mixius (auf seine Glatze weisend). Sehn Se mal . . .

Langner (zu Fritz). Du sagst doch garnichts? Was haste denn?

Fritz. 'N bischen Kopfschmerz . . .

Frau Gebhardt. Migränestift?

Fritz. Danke, Mama.

Mixius (lacht auf).

Frau Gebhardt (verwundert). Was lachen Sie denn, Doctor?

Mixius (heiter). Wenn der große Kerl zu Ihnen Mama sagt! . . . . Is ja zum Totschießen!

Frau Gebhardt (lacht ebenfalls).

Fritz (belustigt). Du Bruno . . . . das mit meiner Schwiegermama . . .

Langner. Merkt er jetzt erst! (Zu Frau Gebhardt). Das sag' ich Ihnen (auf Mixius weisend) der da — m — na! . . .

Frau Langner (fixirt ihren Mann scharf). Theodor!

Langner (legt die Hände auf den Rücken, blickt Frau Gebhardt resigniert, mit herabgezogenen Mundwinkeln, an).

Frau Langner (schärfer). Theodor!!

Langner (dreht sich wüthend um). Was willste nu schon wieder, mein Engel! . . .

Frau Langner. Mein Spitzentuch, Langner . . .

Langner (ungeduldig). Fritz, hol' ihr's Spitzentuch!

Mella (zu Fritz). Laß nur! . . (ab).

Frau Langner (zu ihrem Manne). Unausstehlich biste! . . .

Langner (mit der rechten von oben nach unten schlagend). Schön . . . auch gut . . .

Melanie (bringt das Tuch). Hier Mama . . .

Langner (zu Mella, pfiffig). Nu sage mal . . . nu sage mal . . . komm mal 'n bischen näher, mein' Tochter . . . noch näher, ganz dicht heran . . . (flüstert ihr etwas in's Ohr).

Fritz (der dies beobachtet hat, wendet unwillig den Rücken).

Mella (verstimmt, stampft leicht mit dem Fuße auf, beleidigt). Pfui Papa!

Frau Gebhardt (verweisend). Aber Mella! (begreifend, kokett, Langner mit dem Finger drohend). Sehen Sie, Herr Langner, das kommt davon, wenn man neugierig ist!

Mixius (tändelnd). Sowas — — — is doch aber gerade interessant, verehrte Freundin . . .

Frau Gebhardt (mit dem Finger drohend). Doctor — nicht ungezogen!!

Mella (ist inzwischen wieder an den Flügel getreten).

Langner (zu Mella). Sing' was, mein Herzchen.

Mella. Ach laß mich — — Papa . . .

Frau Gebhardt (bittend). Sing' doch was, Kind . . .

Mella (halb nachgebend). Hab' eigentlich — keine Lust . . .

Fritz (abwehrend). Lieber Gott, wenn sie nicht will . . .

Mella. Nein — — ich singe nicht!! . .

Mixius. Auch Kopfschmerzen, gnädige Frau?

Dienstmädchen. Herr Langner . . . der Wagen . . .

Langner. 's gut. Kann warten . . .

Frau Langner (greift ostentativ die Enden ihres Spitzentuches, schlägt sie über der Brust zusammen und steht auf, energisch). Langner, komm'!

Fritz. Warum wollt' Ihr denn schon fort?

Langner. Nu, wir bleiben noch 'n bißchen. Machen wir . . .

Frau Langner (piquiert). De Pferde laß' ich nich warten bei dem Wetter!

Langner (den Rock zuknöpfend, resigniert zu Frau Gebhardt). Gnädige Frau, wollen Sie mit? Wir bringen Sie mit dem Wagen nachhause.

Frau Langner. Das kannste Frau Gebhardt doch nicht zumuten. Willst Du vielleicht auf'm Rücksitz mit Deinem Rheumatismus . . .

Langner (verlegen).

Frau Gebhardt (im Ton etwas beleidigt). Ich muß sehr danken . . . . sehr danken . . . zu liebenswürdig . . .

Langner (unwillig). Na — denn komm' schon! Ab— Adieu — — meine Herrschaften! Wiedersehen, Doctor! Adieu, Kinder . . .

Alle (durcheinander). Adieu — adieu . . . (Währenddessen hat Langner seine Frau etwas unfreundlich zur Thür hinausgeschoben).

Fritz und Mella (begleiten die Eltern).

Fritz (im Herausgehen). Entschuldigt! . . .

Mixius. Der Mann hat's gut.

Frau Gebhardt. 's seine Schuld.

Fritz (in der Thür zurückkehrend, zu Mella). Ich wünsche das einfach nicht.

Mella (spitz). Was meinst Du?

Frau Gebhardt (wird aufmerksam, leicht, etwas gezwungen lachend). Aber Kinder — Kinder — häusliche Scenen — à deux — wenn ich bitten darf — wenn wir weg sind . .

Mixius (sarkastisch). Ei — ei, was geben S i e für Lehren . . .

Frau Gebhardt (ihn mit dem Lorgnon fixierend). Herr Doctor, Sie kennen eben die Ehe nicht, wie ich schon einmal bemerkte. Das sind notwendige Erneuerungen der Liebe, — auffrischende kleine Gewitter. — —

Mixius (pfeift). Das haben Sie sehr fein bemerkt. Sie beherrschen die Materie! . . . . . Kolossal!

Frau Gebhardt (erhebt sich plötzlich). Machen Sie sich nur lustig . .

Mella. Was? Du willst auch schon weg? Bleib doch zum Abend hier!

Frau Gebhardt (mit dem Daumen auf Mixius weisend). Mit dem Menschen? .... Nein!

Mixius (frech). Gnädige Frau gestatten dann, daß ich Sie begleite.

Frau Gebhardt (lustig). Bringen Sie erst meine Sachen, dann wollen wir weiter sehn ....

Mixius (geht eilig zur Thür, Fritz folgt ihm),

Fritz. Aber, Bruno, wir wollten doch zusammen...

(Kleine Pause, beide Frauen sehen etwas verlegen vor sich hin.)

Frau Gebhardt (sich noch einmal nach der Thür umsehend, tritt dicht an Mella heran). (In ernstem Ton.) Mella, Du — das geht so nicht. Gefällt mir gar=nicht, Kind.

Mella (trotzig). Sag' das Fritz, Mama!

Frau Gebhardt (etwas schärfer, ungeduldig). Nein — nein Du mußt Dich anders benehmen. Eine kluge Frau — du lieber Gott — es giebt doch hundert kleine Mittel .... Ich warne Dich. Nimm Dich zusammen — und gerade in der ersten Zeit ..

Mella (macht eine heftige Bewegung, als wollte sie etwas entgegnen).

Frau Gebhardt (mit einer raschen Bewegung nach hinten, schneidet ihr das Wort ab). St! .. Also, es bleibt dabei, Du holst mich morgen ab!

Mixius und Fritz (sind während der letzten Worte eingetreten).

Mixius (hält Frau Gebhardt galant ihren pelzbesetzten Radmantel).

Fritz (zu Mixius). Bitte komm' nicht zu spät...

Frau Gebhardt und Mella (tauschen einen Blick aus).

Mixius (vor Mella sich verbeugend). Gnädige Frau, ich habe wohl heute noch das Vergnügen...

Frau Gebhardt (Fritz die Hand reichend, mit einem Blick auf Mella). Wolltet Ihr heut noch fort?

Fritz (kurz). Is Logensitzung..

Mella (piquiert). Logensitzung — — Mama...

Mixius (scherzhaft). Das muß doch schließlich auch sein.. —

Mella (zuckt die Achseln).

Frau Gebhardt (sieht Mella bedeutsam an, küßt sie auf die Stirn). Adieu, mein Kind. (In verändertem, nur Mella verständlichem Ton). Also auf morgen. —

Mella. Adieu, Mama. Auf morgen.

Fritz (ist inzwischen Mixius beim Anziehen behilflich, küßt zum Abschied Frau Gebhardt die Hand),

Frau Gebhardt. Adieu, mein Sohn. (Zu Mixius) Doctor, Ihren Arm.

Mixius. Habe die Ehre.

(Frau Gebhardt und Mixius ab).

Fritz (geht an's Fenster, Mella ihm den Rücken kehrend, klappt das Instrument geräuschvoll zu, schiebt die Noten zurück, sieht sich im Zimmer um, als bemerke sie jetzt erst die Dunkelheit, geht zur Wand, dreht den electrischen Knopf. Der Kronleuchter entzündet sich. Sie bleibt, Fritz den Rücken kehrend, an der Wand stehen, blickt einen Moment vor sich hin, zieht gleichzeitig mit Fritz die Uhr heraus. Beide knipsen a tempo die Kapseln zu und wenden sich rasch zu einander. Sie blicken sich beide groß und feindselig an. Kurze Pause verlegenen Schweigens).

Mella. Weißt Du . . . (wartend).

Fritz (bleibt stumm.)

Mella (gereizt, unvermittelt) . . . ich muß Dir offen gestehen, (sieht ihn an, kreuzt die Arme), das Benehmen Deines Freundes meiner Mutter gegenüber paßt mir garnicht . . . .

Fritz (in demselben Tone, um eine Nuance gelassener). Dann kann ich Dir nur sagen, Mella, daß das in erster Linie Deine Mutter, zweitens Doctor Mirius — — und drittens Dich absolut nichts angeht.

Mella (noch schärfer). Ueberhaupt hast Du Dich heute gegen mich wieder nett benommen.

Fritz (überlegen, ruhig). Weshalb, wirst Du am besten wissen (schärfer). Wenn ich bestimme, daß das Mädchen für mich einen Gang macht, so wünsche ich nicht, daß Du andere Dispositionen triffst.

Mella (ärgerlich). Den Ton verbitt' ich mir, so laß' ich nicht mit mir reden!

Fritz. Na ja — verbitt'st Du Dir — selbstverständlich — überrascht mich weiter nich — bin ich ja an Dir gewöhnt . . !

Mella. Ach, laß die Redereien. Langweilst mich! Immer dasselbe! Wird mir wahrhaftig jetzt bald über . . . Thust ja weiter nichts, als Einen quälen! . . .

Fritz (lacht auf). Ich? — Du lieber Gott! . . . Ich — ich bin ja so zufrieden, wenn ich nach all' der Hetzerei nur Ruhe habe — mich hier nicht aufzuregen brauche.

Mella (naiv und keck). Wer regt Dich denn auf?

Fritz (nervös). Du — Du mit Deinem ewigen (steckt sich eine Cigarre an, resigniert) ach was!

Mella (ungeduldig). Na — nu 's gut! Nu hör' schon auf!

Fritz (müde). Wo is 's Abendblatt?

Mella (unverschämt). Soll ich Dir's vielleicht holen?

Fritz (sieht sie groß an, reißt sich mit einer Bewegung zorniger Verachtung los, geht und klingelt).

Dienstmädchen (tritt ein, das Blatt in der Hand).

Fritz (grob). Her — die Zeitung! 's gut! . . .

Dienstmädchen (ab).

Fritz (setzt sich an den Tisch, liest).

Mella (nimmt das Morgenblatt aus der Zeitungsmappe, liest, lacht auf, sieht zu Fritz hinüber, der sie nicht beachtet.)

Mella (liest laut). — Schauspiel — — Deutsches . . . Lessing . . . Residenz . . . (lebhaft) Du Marquise . . . ach, das soll himmlisch sein . . . da möcht' ich hin! . . .

Fritz (liest weiter, scheinbar ruhig). Is garnich himmlisch, is blos unanständig . . .

Mella (entzückt). Schadt doch nichts! . . . Bin ja 'ne verheiratete Frau! Du, da möcht' ich wirklich hin! . . .

Fritz (liest weiter, während bereits in stummem Spiel seine wachsende Unruhe deutlich hervortritt).

Mella. Du! . . . (lauter). Du!! Soll ich mich anziehen? Gehn wir?

Fritz (steht gereizt auf). Nich' mal seine Zeitung kann man lesen! Was ist denn? Du weißt doch ganz gut, daß ich mich mit Mixius verabredet habe!

Mella. Mixius kann ja mitgehen!

Fritz. Ach was; — war dreimal drin! . . .

Mella (resigniert). Dreimal . . . . (liest weiter) Circus Renz — Wintergarten — Concordia — Blumensäle — — — (nachdenklich) Blumensäle — — (animiert) Blumensäle . .

Fritz (spöttisch). Möcht'ste da nich vielleicht auch hin?

Mella (ärgerlich). Gewiß möcht ich! . . . Ich . . ich will was sehen! . .

Fritz (moquant lachend). Ausgerechnet Blumensäle! da war . . . da war Mixius noch nich mal drin . . .

Mella (entschlossen). Hör' mal — ich — ich will nich zuhause bleiben! . .

Fritz (in hartem Ton). Und ich — ich will nicht fortgehen!

Mella. Soll ich denn immer hier sitzen — versauern? . . .

Fritz. Du willst fort! — Natürlich — wo — wo wirst Du denn zuhause bleiben! (In verändertem, kalten Tone). Sei jetzt verständig — ich bitte Dich! . . .

Mella. So lang' ich thu', was Du willst, bin

ich verständig. (Weinerlich, ungezogen). Nichts soll ich was mir Spaß macht!

Fritz. Was Dir Spaß macht? Lebt man denn nur, um sich zu amüsieren?

Mella. Wie lange kann ich mich denn überhaupt noch amüsieren? Weißt doch . . . .

Fritz (steht auf, tritt dicht an Mella heran, in verhaltener Erregung). Und das . . . das ist Dir lästig . . . das . . . das . . . was jeder Frau . . . . Das stört Dich in Deinen Vergnügungen, mein Gott!

Mella (herausfordernd). Gewiß! — Du hast Dich wohl nich amüsiert? Was?

Fritz (überlegen, mühsam sich beherrschend). Erlaube mal. Ich bin der Letzte, der an das Leben keine Ansprüche stellt; im Gegenteil . . . die höchsten. Es kommt nur darauf an, was man darunter versteht, sein Leben zu genießen.

Mella (frech). Na, was verstehste denn darunter?

Fritz (verliert die Geduld, sieht Mella einen Augenblick verächtlich an). Das . . . das . . . das Mella . . . (höhnisch auflachend) ach Gott! . . .

Mella (triumphierend). Na . . . also . . . . nu red' doch . . . (sich überstürzend) erzähl' doch mal . . . bitte . . . (Mit ausgebreiteten Händen). Siehste . . .

Fritz (nervös zornig). Schon gut . . . Du hast Recht . . . sollst Recht behalten . . .

Mella (verwundert). Behalten? (Mit Zeigefinger auf die Brust weisend). Ich habe Recht!

**Fritz** (springt auf, schlägt in hastiger Bewegung die Klappe seines Rockes herum). Jetzt Schluß! Kein Wort mehr!

**Mella** (wie oben). Den Mund willst Du mir auch verbieten?

**Fritz** (geht in nervöser Wut zum Tisch, wippt den Deckel der Cigarrenkiste hin und her, schlägt ihn plötzlich wütend zu).

**Mella** (trommelt mit den Fingern auf der Tischplatte). Mach' mich nicht nervös!

**Fritz** geht auf sie zu, nähert sein Gesicht dem ihren drohend, im höchsten Sarkasmus!) Pardon! Par—don!...

**Mella** (mit geballten Fäusten). Rühr' mich nicht an! Rühr' mich nicht an!

**Fritz** (steht in letzter Selbstbeherrschung vor ihr, reißt seinen Rock beiseite, fährt mit fieberhaften Fingern in die Westentasche, besinnt sich einen Augenblick, sein Gesicht nimmt einen verächtlichen Ausdruck an, hochaufgerichtet, langsam geht er zur Thür.)

**Mella** (stürzt ihm nach, stellt sich ihm in den Weg, atemlos). Was hast Du vor!

**Fritz** (heiser). Laß mich!

**Mella** (stampft wütend auf).

**Fritz** (packt sie rasend am Handgelenk), (heiser). Was willst Du eigentlich?!

**Mella** (verblüfft, stammelnd, eingeschüchtert, leise). W... w... wa — as? Wa — as ich will? W — as ich will? (rasch, sich überstürzend, schreiend). Ich will leben! Ich will merken, daß ich lebe! Ich will... ich ... will .. ich will .. (reißt sich los) nicht eingesperrt sein! Nicht in einem Käfig sitzen! (heiß). Ich will genießen!! Wozu hab' ich denn geheiratet!?

Fritz (perplex). Wozu Du geheiratet hast? (faßt sich an die Schläfe, starrt sie an). Wozu Du geheiratet hast? Das kannst Du jetzt noch fragen? Das weißt Du jetzt noch nicht? Schämst Du Dich denn garnicht? (in zorniger Ruhe). Hab' ich Dich nicht überall herumgeschleppt? . . . Vom Theater in's Concert, auf'n Ball . . . in die Gesellschaften, eine ewige Hetzjagd! . . . (nervöser). Hab' ich Dich nicht alles kosten lassen! Hast Du denn noch nicht genug? Ist es Dir denn noch nicht zum Halse herausgewachsen!? (traurig). Tag für Tag hab' ich gehofft, Du würdest endlich dieses Leben satt haben, Dich nach Deinem Hause sehnen . . . . nach unserem Hause . . . . (in erneuter Wut, mit erhobener Stimme). Aber davor hast Du einen reinen Abscheu!

Mella (macht eine erregte Bewegung, als wollte sie ihn unterbrechen).

Fritz (maaßlos). Schweig! Unterbrich mich nicht! Du — Du — Du hast ja gar keine Empfindung für den Zauber des Alleinseins . . . so etwas fühlst und ahnst Du nicht. (tragisch). Sind wir denn — sind wir denn in dieser ganzen Zeit auch nur ein einziges Mal zu uns selber gekommen. (Kleine Pause). Für Dich . . . ja für Dich ist die Ehe nur — nur eine Loslassung . . . . nur eine Loslassung — — aus — aus Zwang — aus Zwang und Unfreiheit! — — in's Zügellose . . . Pfui! — — — (tritt einen Schritt zurück). Schäm' — Dich!

Mella (rasend, bebend). Schämen! . . . Schämen!!!

... das — — das — — unter — — — unter=
ſtehſt Du Dich!! ... Gut ... Jetzt — — — jetzt
... jetzt ... weiß ich, was ich zu thun habe ....
jetzt iſt es aus!!! ....

(Die Thür geht draußen, Mixius tritt ein, Mella am ganzen
Körper bebend, ab).

Mixius (bleibt erſtaunt ſtehen, ſieht ihr nach, blickt Fritz verwundert an, ſcherzend). Na — — Gewitterchen vor=
bei? ...

Fritz (ſteht unbeweglich, ſtarrt zornbebend auf die Thür, die ſich hinter Mella krachend geſchloſſen hat).

Mixius (ſich hinter dem Ohr trauend). Donnerwetter!

Fritz (nervös). Na komm ... komm ... komm ...

Mixius (ſich ſetzend). Erlaube mal .... 'n Augenblick verſchnaufen .... (ſetzt den Stock auf den Fuß, wippend). Hm — hm — kommt in den beſten Familien vor .... ſowas ſeh' ich alle Tage .... auch noch tragiſch nehmen — —

Fritz (hält ſich die Ohren zu). Will nichts hören!
... laß mich in Ruhe ...

Mixius (erhebt ſich, macht eine Bewegung, als wolle er gehen, ruhig). Du .... ſag mal ... ſoll ich 's vielleicht ausbaden? ... Mahlzeit ....

Fritz (läßt ſich ſeufzend in einen Seſſel ſinken).

Mixius (bleibt einen Moment an der Thür ſtehen, wirft ſeinen Mantel ab, kehrt zurück, klopft Fritz auf die Schulter, begütigend). Na — na — alter Junge, Kopf hängen laſſen! ... Unſinn ... lächerlich .... Biſt doch kein Kind! ...

Fritz (bitter, höhnisch lachend). Lächerlich — — —
ja wirklich lächerlich! . . .

Mixius (beruhigend). Nur nich — — nur nich
— um Gotteswillen nur nich sowas ernst nehmen.
Das ist die größte Dummheit . . . Man muß Ge=
duld haben . . . sich ineinander schicken! (entschuldigend)
Junge Frau — lieber Gott — Avancen muß man
sich machen! . . . bei solchen Kleinigkeiten!

Fritz (hervorstoßend). Kleinigkeiten? Das nennst
Du Kleinigkeiten? Aus diesen Kleinigkeiten besteht
das ganze Leben!

Mixius. Eben darum!

Fritz (verzweifelt). Ach, Mixius — es ist scheuß=
lich . . . , es ist gottsjämmerlich! (Gequält). So'n
Leben . . . . so'n Leben hat man sich aufgebürdet!
Es — es — es läßt sich nicht darüber reden! . . .
(Mit einer Bewegung des Ekels). Komm — wollen
gehen! . . .

Mixius (beschwichtigend). Kommen noch hin . . . .
haben noch Zeit . . . . läuft uns ja nich weg . . . .
(Eindringlich). Was ist Dir denn nur? Sprich Dich
aus! Das macht leichter! Das beruhigt . . . das . . .

Fritz (sanft ablehnend). Lieber Freund, ich danke
Dir für Dein Mitgefühl . . . Gewiß — Du meinst
es herzlich gut . . . aber (bedenklich) das — das sind
Sachen, — über die man nicht spricht, (leise) die
behält man für sich . . . (Leicht spottend). Ihr habt
mich versorgt — Ihr habt es durchgesetzt — nu is's
ja gut! Was wollt Ihr noch mehr? Das Andre

hab' ich zu tragen. Nun muß ich selber sehen, wie ich fertig werde....

Mixius (abwehrend). Erlaube mal... Warst doch kein Kind... hast Dich doch schließlich frei entschlossen. Zu sowas läßt sich doch keiner zwingen, wem willst Du denn jetzt Vorwürfe machen?

Fritz (nervös). Niemandem... niemandem, — laßt mich blos in Frieden....

Mixius. Herr Gott, bist Du gereizt...

Fritz. Gereizt, — ja ich bin gereizt... durch tausend kleine Niederträchtigkeiten!... In mir bebt alles... ich bin voll... zum Ueberschäumen voll.. und nicht von heut und nicht von gestern, vom ersten Tage an. Alles hab' ich versucht — bin ihr entgegengekommen, tausend kleine Launen hab' ich befriedigt... mehr vielleicht, als recht war. All' ihre Quengeleien hab' ich hingenommen, mich geduckt und gefügt mit Gewalt, daß ich mich vor mir selber fast geschämt habe — geschämt, Bruno — — aber schließlich hat alles sein Ende!... Jetzt will ich ihr's beweisen! Jetzt werd' ich ihr die Zähne zeigen... jetzt.... jetzt....

Mixius. Du — nimm mir's nicht übel — Du gehst zu weit — Du gehst entschieden zu weit! So faßt man sowas nicht an!

Fritz (ausbrechend). Da verheiraten sie so'n Mädel aus der Kinderstube raus — — ohne 'ne Ahnung von der Welt, vom Leben, ohne sie für die Ehe vorbereitet — erzogen zu haben, — rein, um einen Mann in's Unglück zu stürzen. Das is . . . das is — — ein Frevel is das!

Mixius. Lieber Freund, die Erziehung einer Frau ist auch Sache des Mannes.

Fritz (immer nervöser). Ja — ja — ja — ja — gewiß — gewiß . . . aber vorbereitet muß sie sein, darf nicht von vorn herein verpfuscht sein! . . . Sonst . . sonst sag' ich Dir . . . ist's eben einfach unmöglich.

Mixius (abwehrend). Theorieen . . . Theorieen . . . das sind alles graue Theorien! . . . ich bleib' dabei, — Geduld muß man haben . . . sich entgegenkommen . .

Dienstmädchen (an der Thür stehen bleibend). Herr Director . . .

Fritz (aufbrausend). Lassen Sie mich in Ruh'! Ich will jetzt nicht gestört sein!

Dienstmädchen (eingeschüchtert). Herr Director, es is . . .

Fritz. Ich will jetzt nichts hören! Verstehn Sie denn nicht Deutsch! Machen Sie, daß Sie raus kommen! .

Dienstmädchen (will gehen).

Mixius (einlenkend). Ist vielleicht mit Deiner Frau was . . .

Dienstmädchen (zu Mixius, gedämpft). Da is jemand, der'n Herrn durchaus sprechen will . . .

Fritz (horcht auf). Wer? Wo ist die Karte?

Dienstmädchen. Hat keine.

Fritz (ungeduldig). Wie heißt er?

Dienstmädchen. Sagt er nich . . .

Fritz. Dann schicken Sie'n weg! Donnerwetter!

Dienstmädchen (zögernd). Er sagt, es is sehr wichtig . . . sehr dringend sagt er . . . .

Fritz. Alter Mann?

Dienstmädchen. Nein — 'n junger, Herr Director . . .

Fritz. Wie sieht er aus?

Dienstmädchen (etwas wegwerfend, achselzuckend). — Och . . .

Fritz (kurz). Lassen Sie'n rein!

Dienstmädchen (ab).

Erich Röseler (tritt ein, in ungepflegtem Vollbart; schäbige Eleganz, reduziert, sehr devot, Monocle am Bande, womit er verlegen spielt, mißtrauischer Seitenblick auf Mixius, sich tief verbeugend . . . tastend, geziert). Herr Director kennen mich wahrscheinlich nicht mehr.

Fritz (suchend). Mit — mit wem hab' ich die Ehre?

Erich (zögernd). — Erich — Erich Röseler — Herr Director.

Fritz (freudig, lebhaft, mit dargereichter Rechten auf ihn zueilend). Ah! . . . (Mustert seine ganze Gestalt von Kopf zu Fuß, läßt die Hand sinken). Sie sind's . . . guten Tag — f—freue mich . . ., (Einladend). Wollen Sie nicht Platz nehmen?

Erich. Wenn Sie gestatten, . . bin so frei. (Setzt sich).

(Kurze Pause.)

Fritz (sieht einen Augenblick auf Mixius, dann auf die

Thür, steht auf und schließt die Thür ab, aus der Mella gegangen, rückt mit seinem Stuhl zu Erich heran).

Mixius (macht eine Kopfbewegung des Verständnisses).

Fritz. Was führt Sie zu mir? Womit kann ich Ihnen dienen?

Erich. Herr Director sind sehr freundlich . . . (Unsicheren Blick auf Mixius werfend.)

Fritz (beruhigend). Sie brauchen sich vor dem Herrn nicht zu genieren . . . guter Freund von mir . . .

Erich (mit dem Monocle erregter spielend). Herr Director, ich weiß nicht . . . (läßt das Monocle fallen, die Finger gegeneinander stützend) ich . . , ich . . . ich weiß doch nicht . . . .

Fritz (ungeduldig). Sprechen Sie nur . . . .

Erich (nobel). Entschuldigen Sie, daß ich zu so später Stunde . . . . gewisse Constellationen, Herr Director, zwingen mich — ja zwingen mich, in einer sehr peinlichen Situation — Sie werden mir nachfühlen, Herr Director, mit einem Wort — (Pause) es handelt sich um meine Schwester . . .

Fritz (ängstlich). Ist sie krank?

Erich (rasch). Krank? (bestätigend). Sie war krank, Herr Director. Sie war sogar sehr krank. Was das verschlungen hat, Herr Director! Meine arme Mutter; — selbstverständlich ahnt Lieschen garnicht, daß ich mich an Sie, Herr Director, wandte. Mutter meinte man nur so, Sie würden — Herr Director — wissen doch, daß wir nicht in den Verhältnissen sind — — — den ganzen Tag überlegte ich's mir . . .

Fritz. Selbstverständlich — selbstverständlich stehe

ich zur Verfügung ... Sie hätten doch gleich zu mir kommen müssen, auf der Stelle, das waren Sie mir einfach schuldig — das konnt' ich erwarten! Um Gotteswillen ... was fehlte ihr denn?

Erich (verlegen). 'S war .. das und jenes ... die Aerzte wußten's selber nicht so recht ... Sie kennen ja das, volle vier Wochen, Herr Director ...

Fritz ... hat sie gelegen?

Erich. Ja, volle vier Wochen ...

Fritz. Wie mir das leid thut! ...

Erich. Ja — ja — is noch sehr schwach, Herr Director, muß sehr gepflegt werden ... Wein ... starker Wein ... Madeira ... das kost't ... das läuft in's Geld ... bei unseren kleinen Verhält= nissen ... schwere Zeiten ... und — was das Schlimmste ist — ich — brotlos, Herr Director ...

Fritz (außer sich). Was?! Sie von der Post fort?

Erich. Ja, Herr Director, damit konnten wir nicht durchkommen. Ich hatt 'ne Stelle angenommen, aber es war nichts für mich; waren keine anständigen Leute. Mutter is auch klapprig geworden, is ihr auch an de Nieren jegangen.

Fritz. Lieber Herr Röseler, das wär' alles weniger schlimm gewesen, wenn Sie gleich zu mir gekommen wären ...

Erich (verlegen). Jott ... Jott (sich die Hände reibend). Dazu entschließt man sich schwer .. hat doch auch sein Ehrgefühl ... is doch peinlich ...

Fritz. Was brauchen Sie?

Erich (wie oben). Mit zweihundert Mark, Herr Director, wäre ...

Fritz (sein Portefeuille ziehend). Hier sind vierhundert. Und lassen Sie mich ja bald wissen, wie es Lies ... (sich verbessernd) Ihrer Schwester geht. Ich nehme den größten Anteil. Wahrhaftig, den allergrößten Anteil.

Erich. Besten — besten Dank, ... Herr Director sind sehr gentil — nochmals besten Dank ... werde nicht verabsäumen ... (hastige Verbeugung). (Erich ab).

Mixius (erhebt sich und begleitet ihn bis zur Thür, bleibt dort stehen und sieht ihm kopfschüttelnd nach, richtet dann seine Blicke auf Fritz, der in sich versunken dasteht.)

Mixius (tritt näher).

Fritz (händeringend). Armes Mädel! Armes Mädel — — —

Mixius (achselzuckend, mit dem Daumen nach der Thür weisend). Du, der gefällt mir nicht — — —

Fritz (stiert vor sich hin).

Mixius. Ob das auch alles stimmt?

Fritz (nervös). So bist Du nun! Immer mißtrauisch — zweifelsüchtig ... glaubst keinem Menschen was ... (kleine Pause), (wie abwesend). Vier Wochen krank — in Not ... armes — armes Kind — in Not — vielleicht gedarbt! ...

Mixius (sich hoch aufrichtend tritt dicht an Fritz heran, packt ihn an der Schulter, mit angstvoll aufgerissenen Augen, mit drohendem Finger). Fritz! Fritz! . . .

Fritz (dumpf). Armes Kind . . .


(Der Vorhang fällt.)

# Dritter Akt.

Wohn- und Speisezimmer bei Fritz Langner. Eichengeschnitzte Möbel, ledergepreßte Sessel. Schweres großes Buffet mit silbernen Champagner-Kühlern, in der Mitte auf Smyrnateppich viereckiger Tisch ohne Decke. In der Ecke große Standuhr, am Fenster erhöhtes Podium mit altdeutschem Gitter, links eiserne grünverglaste venetianische Laterne. Rechts im Vordergrunde stummer Diener, an den Wänden Kupferstiche.

Rechts und im Hintergrunde je eine Thür, die Thür im Hintergrunde führt zum Garderobenzimmer, an welches das Schlafzimmer grenzt, bei geöffneter Thür sieht man die Thür des Schlafzimmers, der Ausgang rechts führt zum Entrée.

---

(Die Bühne bleibt einen Moment leer). (Die Thür im Hintergrunde öffnet sich).

**Das Dienstmädchen** (steckt den Kopf herein, blickt sich einen Augenblick neugierig im Zimmer um, verschwindet, die Thür bleibt offen. Das Mädchen kehrt sofort mit dem Kaffeebrett zurück, das sie auf den stummen Diener niedersetzt. Beginnt den Tisch zu decken. Nimmt aus einer Schublade des Buffets eine Kaffeedecke, die sie über den Tisch breitet, unterbricht sich plötzlich, geht zur Thür im Hintergrunde, lauscht einen Augenblick, öffnet dieselbe und tritt in das Garderobenzimmer. Man sieht sie an der Thür des Schlafzimmers lauschen. Kurze Pause).

Dienstmädchen. Herr Director . . . . Herr Director . . . (überlegt einen Moment). Was wird denn nu heut . . . heut Mittag? Herr Director? . . . (verwundert). S . sss . s . . . (flüstert). Schleeft noch . . . (tritt wieder in's Wohnzimmer, schließt die Thür, deckt den Tisch, stellt eine Tasse, Zucker, Butterdose und Sahnentopf. Es klingelt draußen. Sie unterbricht ihre Thätigkeit, bleibt erwartungsvoll einen Augenblick stehen. Es klingelt wieder. Sie eilt rasch hinaus. Draußen unverständliches Gespräch.)


Frau Gebhardt, Mella, Dienstmädchen (treten ein).

Frau Gebhardt (mit flüchtigem Blick auf den Frühstückstisch). Wie? . . . Der Herr noch nicht aufgestanden? . . .

Dienstmädchen (eifrig). Herr Director sind sehr spät nachhause gekommen. Herr Director schlafen noch . . .

Frau Gebhardt gedehnt). So — o — o.

Dienstmädchen (flüstert, wichtigthuend). Ja — a — erst nach Eins . . . habe extra nach der Uhr jesehen. Dann is der Herr mit'm Licht in de Kiche jekommen, haben mich jeweckt, und jefragt, wo gnädige Frau wären und dann . . . .

Mella. 's gut — — können gehen . . .

Dienstmädchen (schnell). Soll ich noch zwei Tassen? . . .

Mella (nervös). Nein — nein — geh'n Sie nur!

Dienstmädchen (ab).

Mella (sinkt erschöpft in einen Sessel, hält das Taschentuch vor die Augen).

Frau Gebhardt (betrachtet sie einen Moment stumm, tritt dann an sie heran, klopft ihr leicht auf die Schulter). Mella! . . .

Mella (fährt auf, sieht ihre Mutter erschreckt und fassungslos an).

Frau Gebhardt. Kind . . . sei vernünftig . . . nimm Dich zusammen . . .

Mella (schluchzt heftig auf).

Frau Gebhardt (mit ängstlichem Blick nach der Thür, nervös). Um Gotteswillen . . . . nur . . . nur keine Scene . . .

Mella (schluchzt heftiger). Mir das anzuthun! . . . möcht' vor Scham versinken.

Frau Gebhardt (ernst). Du wirst mir's noch danken. Du wirst noch zu der Einsicht kommen; Du weißt ja garnicht, was Du da angerichtet hast.

Mella (aufschluchzend). Wenn Du gehört hättest . . .

Frau Gebhardt (sie unterbrechend). So hätt' ich einfach gesagt, sowas kommt vor . . . Die Männer sind keine Engel. Ich habe Dich . . . ich habe Dich gestern noch gewarnt, Mella . . .

Mella (weinend). Wenn Du dabei gewesen wärest, Mama! Wenn Du gesehen hättest, wie er mich . . .

Frau Gebhardt (etwas rauh). Sprich nicht! Du wirst wohl auch nicht still geblieben sein, wirst schon Dein Teil dazu gegeben haben (milder) bist eben verwöhnt . . . Ist nicht jeder so nachgiebig wie Mama . . .

Mella (bebend). Ja — aber ...

Frau Gebhardt. Nein — nein — — giebt da gar kein Aber; hast eben keine Ahnung, wie so ein Mann genommen sein will ... Giebst Dir auch gar keine Mühe, das zu lernen .... eine kluge Frau ....

Mella. Ich — ich — ich ...

Frau Gebhardt (streng). Wenn Du nur für einen Dreier mehr Verstand hättest .... Dann würdest Du .... (sieht wieder ängstlich nach der Thür).

Mella (in höchster Nervosität). Ich — ich — wußte ja schon gar nicht mehr, wo mir der Kopf stand, hatte überhaupt nur noch den einen Gedanken: fort von hier ... (lauter) fort von hier ... nur — nur ... fort ... aus diesem Hause fort ...

Frau Gebhardt (eindringlich). Nun will ich Dir etwas sagen, Kind ... Fortlaufen — einem Manne fortlaufen .... wenn Du gestern nicht so außer Rand und Band gewesen wärest, so daß mit Dir absolut nichts anzufangen war .... (energisch) nicht eine Stunde hätt' ich Dich bei mir behalten. Einem Manne weglaufen! Ahnst Du denn, was das heißt .... Was das für Consequenzen nach sich zieht ... das ist doch kein Kinderspiel! das ...

Mella. Thust ja — — — als ob ich ... bin doch nicht allein schuld ...

Frau Gebhardt (mit Nachdruck). Ja ... Du bist allein schuld ... Du bist Deinem Manne weggelaufen ...

Mella (steht plötzlich auf, sieht verschüchtert und ängstlich ihre Mutter von der Seite an).

Frau Gebhardt (begütigend). Kind . . . Was siehst Du mich so an? . . . Hier — hier heißt's klug sein . . . wieder gutmachen . . . . Du lieber Gott . . . (sie wendet sich jetzt voll nach der Thür im Hintergrunde, etwas lauter, in erregtem Tone). Wo Dein Mann nur bleibt?

Mella (unbehaglich). Du — Mama — sp— sprich Du zuerst mit ihm . . . .

Frau Gebhardt (erhebt sich und klingelt).

Dienstmädchen (tritt ein).

Frau Gebhardt. Ist der Herr noch nicht wach?

Dienstmädchen. Ich kann ja mal . . . .

Frau Gebhardt. Ja — ja wohl — thun Sie das . . .

Dienstmädchen (ab).

(Kleine Pause).

(Stummes, nervöses Spiel beider Frauen.)

Dienstmädchen (eintretend, ängstlich). G—gnädige Frau . . .

Frau Gebhardt. Was — was is denn?

Dienstmädchen. Der — der Herr Director . . .

Mella (aufstampfend). So — so reden Sie doch endlich! . .

Dienstmädchen. Der Herr is weg!

Frau Gebhardt (betroffen). Was?

Mella (geängstigt). Weg?

Dienstmädchen. Ja—a— is weg! Auf 'n Tod hab' ich mich erschrocken!

Frau Gebhardt und Mella (sehen sich sprachlos an).

Frau Gebhardt (zum Dienstmädchen). Ja — aber ... haben — haben Sie'n denn nicht weggehen hören?

Dienstmädchen. Nee — nee ... 'ch war ja in de Kiche ...

Mella (ungeduldig). 'S gut , . . gehn Sie! ...

Dienstmädchen (ab).

Frau Gebhardt (fassungslos). Da — da hast Du's . . Jetzt siehst Du was Du Dir eingebrockt hast . . . . Ich hatte so 'ne Ahnung ... die Sache würde schlimm ... Wahrhaftig ... schon auf dem ganzen Wege hierher . . . . Mir lag's wie ein Stein auf dem Herzen; kann Dir sagen, der Weg ist mir sauer geworden . . . . 'S mußte ja so kommen . . . .

Mella (zerrt mit den Zähnen an ihrem Battisttuch, mit verhaltenem Trotze). Jetzt ist mir schon alles gleich... (steht auf) komm' Mama!

Frau Gebhardt (wütend.) Halt den Mund! Die Dummheiten müssen nun ihr Ende haben! .. (Geht zum Telegraphen, klingelt).

Dienstmädchen (tritt wieder ein, zu Mella). Gnädige Frau wünschen? ...

Mella (sieht Frau Gebhardt hülflos an).

Frau Gebhardt. Gehen Sie mal sofort, . . . aber 'n bischen schnell, zu Herrn Dr. Mixius und fragen Sie, ob der Director da ist . . . . . ich muß ihn sofort sprechen. Wenn er dort nicht ist, gehen Sie nach der Bank.

Dienstmädchen (macht eine Bewegung zur Thür).

Mella (ängstlich). Wenn er da nun auch nicht ist?

Frau Gebhardt (gereizt). Wo soll er denn sein? (Zum Dienstmädchen). Gehen Sie nur, schnell!

Mella (sitzt wie gebrochen auf ihrem Sessel).

Frau Gebhardt (starrt einen Augenblick mit großen Augen vor sich hin, sieht plötzlich Mella furchterfüllt an, wendet sich mit einem Ruck ab, in gedämpftem Tone gleichsam für sich). Wo — wo soll er denn sein? (heftig) Er muß — er kann doch nur auf der Bank sein ... wenn er nicht bei .... (geht erregt auf und nieder, bleibt plötzlich stehen) Herr Gott! .. Herr Gott! ...

Mella (schluchzt).

Frau Gebhardt (nervös). Fang mir jetzt nur nicht so an .... bringst mich ja .... bringst mich ja ganz aus der Fassung (horcht auf, lauscht hinaus). Du — — hörst Du?

Mella (springt auf, mit angstverzerrten Zügen, fieberhaft). Da is er .... sprich mit ihm .... (stürzt hinaus).

Frau Gebhardt (besinnungslos). Mella! .

Langner (im Pelz, atemlos). De Thür sperrangel= weit offen?! — Was is los? . Wo is Fritz? Wo is Mella, Frau Gebhardt?

Frau Gebhardt. Beruhigen Sie sich nur, Herr Langner — Mella hat sich zurückgezogen. Fritz muß gleich kommen. Wir haben eben nach ihm geschickt.

Langner (fuchtelt nervös mit dem Klemmer). (Außer sich — atemlos): Muß gleich kommen — muß gleich kommen? . . . Ja, wo haben Sie denn hingeschickt?

Frau Gebhardt (schnell). Zu Mirius und nach der Bank . . .

Langner. Bank? Nach der Bank? (zieht die Uhr heraus). Is ja erst neun!

Frau Gebhardt (unruhig, aufgeregt). Setzen Sie sich nur, Herr Langner, setzen Sie sich nur! Was ich seit gestern Abend durchgemacht habe! Ist einfach nicht zu beschreiben! Die ganze Nacht kein Auge zugethan! . . .

Langner. Was is denn nur vorgefallen? Bin aus Ihrem Briefe garnich klug geworden! . . . Der Schlag soll mich treffen, hab' ich gedacht! Meine Frau hat auch noch keine Ahnung! Ja, was haben denn die blos vorgehabt!?

Frau Gebhardt (klagend). Denken Sie sich nur! Solche unvernünftigen Menschen! Kindereien . . . Zanken sich — Liegen sich in den Haaren . . . . Treiben 's bis auf's Aeußerste!

Langner. Wissen Se, wenn Se mir das gestern gesagt hätten, hätt' ich gedacht, Sie machen 'n Scherz mit mir . . . Ueber Nacht 'n ganzes Haus zu zerstören . . .

Frau Gebhardt (zuvorkommend). Ich will, Herr Langner, gegen Fritz ja garnichts sagen, garnichts — aber . . . aber — Fritz behandelt das Kind nicht richtig . . . Mella hat gewiß auch . . .

5

Langner (mit der flachen Hand auf den Tisch schlagend). Frau Gebhardt, ich wer' dem Jungen schon 'n Kopf zurechtsetzen! ... Is ja unerhört! ... Was heißt das — Mella? .. Er hat Schuld! Er ganz allein! Mit so 'ner kleinen Frau nich auszukommen! Wie gesagt, unerhört! Muß doch wissen, was er seiner Frau schuldig is! Das — das is seine verdammte Launenhaftigkeit! So war er von kleinauf!

Frau Gebhardt (beruhigter). Sie urteilen etwas scharf, lieber Herr Langner ... so schlimm ... is Fritz ja garnicht! (Aengstlich). Ich habe nur Furcht, — — aus solchen Kleinigkeiten pflegt mitunter ja das größte Unglück zu ...

Langner (horcht auf). Unglück? (Energisch). Ver= ehrte Frau, da kennen Se mich aber schlecht! Da bin ich ja doch auch noch da! ... Das wäre! Na — na — ... Davon kann ja absolut gar keine Rede sein!

Frau Gebhardt (faßt seine Hand). Ich bin ja schon so glücklich, daß Sie nur hier sind, lieber Freund. Eine Frau weiß sich in solchen Lagen garnicht ....

Langner (beruhigend). Na — na — na aber wirklich — na da is — da — da — da können Sie sich ja ganz beruhigen — daran denkt ja doch keiner ... wo — wo is denn nur das Kind — das arme Kind .... (wendet sich zur Thür) will doch gleich 'n mal ....

Frau Gebhardt (abwehrend). Nicht ... nicht ...

sie ist so . . . so nervös . . . so außer sich. Lassen Sie sie nur!

Langner (polternd.) Sapperment, das is ja zum Dreinschlagen! Wo steckt der Junge nur!? Wo steckt er denn?! (Vertraulich). Wissen Se Frau Gebhardt, — wenn er kommt . . . lassen Se mich allein mit ihm reden — er — er — er . . . hat mitunter . . . es wäre vielleicht sogar am besten . . . er — er wüßte überhaupt nich — daß Sie hier . . . ja . . . ja . . . wo steckt er denn nu wirklich? . . . (geht auf und ab).

Frau Gebhardt. Gewiß. Sie haben Recht! Vielleicht ist's wirklich besser so.

Langner (krant sich hinterm Ohr). Nu wer' ich, weiß Gott, unruhig. Mixius wohnt hier um de Ecke, de Bank is auch keine fünf Minuten entfernt . .

Frau Gebhardt (beruhigend). Ich hab' das Mädchen eben erst weggeschickt. Sie muß ja gleich hier sein, jeden Augenblick . . .

Langner (die Uhr ziehend, gedehnt). Hm . . .

Frau Gebhardt (erregt). Wenn er nur . . . wenn er nur (stutzt plötzlich, lauscht, sieht mit großen Augen zur Thür und weist mit dem Daumen nach rückwärts).

Langner. Na, Gott sei Dank, Gott sei Dank! Nur nich so aufgeregt, Frau Gebhardt. Nur Ruhe! Gehn Se nur! Gehn Se nur!

Frau Gebhardt (rasch ab).

Langner (geht hinaus) (draußen). Nu sage mal, wo stecktste eigentlich? Was sind das für Sachen?

Langner und Fritz treten ein.

Fritz (ärgerlich). Ich begreife nicht! Wer hat nach der Bank geschickt!? Wer? Das macht Aufsehn, das macht Gerede — will ich nicht!

Langner. Bitte, schrei nich so — gefälligst. Ich war so frei . . .

Fritz (gelassen). Ich schreie absolut nicht. Bin völlig ruhig. (Legt langsam ab, wendet sich mit einem Ruck zu Langner). Was willst Du von mir, Vater?

Langner (verblüfft). Was ich von Dir will? Was ich von Dir will . . . Das fragste nach allem, was hier vorgefallen ist?

Fritz (sarkastisch). Bist ja unglaublich rasch unterrichtet worden.

Langner. Nu nee! Man wird's mir ersparen. — Am frühen Morgen haben se's mir versetzt. Aus 'm Bett haben se mich holen lassen . . . . . Was mußt Du der armen Frau gethan haben, wenn sie Knall und Fall zu ihrer Mutter wegläuft?

Fritz (bleibt stumm).

Langner. Nu, möcht'ste nich auch 'n Wort reden?

Fritz (mit erzwungner Ruhe). Wozu denn? . . . Bist ja über alles orientiert.

Langner (ärgerlich). Ä . . . orientiert hin — orientiert her . . . ich will wissen, wie 's jetzt steht.

Fritz (gedämpft). Bei allem Respect, lieber Vater, die Sprache vertrag' ich nicht — — hast doch keinen Schuljungen vor Dir . . .

Langner. Ach was ... Davon is gar keine Rede. Ich will endlich wissen ...

Fritz (entschieden). Ich bin niemandem Rechenschaft schuldig, Vater, niemandem .. habe mich lange genug von Euch gängeln lassen.

Langner (sprachlos). Höre mal .... das ... das ... das is ja ... so ... so redste zu Dein'm Vater ... Das .... das nennste Pieteet? ... Zu seinem alten Vater — so 'ne Spra — —

Fritz (nervös). Ich bitt' Dich um alles in der Welt, davon kann ja gar keine .... Wie kommt denn das dazu? ... Hier handelt es sich um mich!

Langner (gekränkt). Ach so! ... Ach so! ... Da bin ich überflüssig, da gehör' ich nich hin! — Du hast mich nich mehr neetich — wo wirste denn .... is ja nich mehr modern, 'n alten Vater mitanzuhören, ... gehört ja zum alten Eisen .... haste doch wohl sagen wollen ... (Ironisch). Genier' Dich nich, mein Sohn, sprich nur ruhig weiter.

Fritz (ernst). Das glaubst Du selber nicht — Du weißt viel zu gut, daß ich stets .... aber — es giebt eine Grenze ... es giebt einen Punkt, wo man weder auf Vater, auf Mutter noch Freunde — wo man mit einem Worte nur auf sich selbst hören darf! ...

Langner. Ja, nu siehste ja, was dabei rauskommt — de ganze Familie stellste auf 'n Kopf ...

Fritz (in verhaltenem Zorn). Was steckt Ihr Euch dazwischen! Das geht Euch garnichts an! Nur daher kommt alles Malheur, daß Dritte sich hinein . . . .

Langner. Reden haste immer gekonnt — immer . . . . wie aber 'n Mensch von Deiner Erziehung, wie so 'n Mensch gegen seine junge Frau sich vergehen kann . . . . weißte . . .

Fritz (außer sich). Vergehen? Was? Ich hab' mich . .

Langner. . . . . Wo — wo steckt da de sogenannte Bildung? Wozu is se ieberhaupt da? . . . Wenn das meeglich is!

Fritz (wütend). Was denn? Was is denn möglich, was hab' ich denn gethan?

Langner. Na — na — reden wir nich drieber — scheen haste Dich nich benommen! (In verändertem Ton). Nu sage wirklich — was soll nu werden?

Fritz. Was werden soll? Das ist . . . das ist doch . . . denk ich, ganz — — ganz klar — liegt doch auf der Hand! Hat Mella ja doch selber angegeben!

Langner (angstvoll). Mella?
(Es klingelt draußen, Langner und Fritz überhören es.)

Fritz. Ja — ja — Mella . . . (energisch) sie ist fortgegangen, — — sie hat — hat mich verlassen, sie hat mir deutlich gezeigt, was ich zu thun habe.

Langner (schlägt die Hände über dem Kopf zusammen). Um Gott im Himmel! Biste denn toll geworden! Das — daran überhaupt nur zu denken — — — das is ja . . . ich . . . da weiß ich ja wahrhaftig . . . . Herr meines Lebens — da hört ja doch alles auf!

Mixius (tritt ein.) Man hat nach Dir geschickt? .... Von der Bank bist Du wieder weggegangen? Was ist denn passiert?

Langner (faßt Mixius bei beiden Händen). Lieber — guter Herr Doctor — der Mensch — — — ich — — — ich — — — kommen Se doch nur — — — ich — ich weiß mir ja garnich mehr zu helfen — — — Denken Se sich nur . . . . .

Fritz (in gemessener Ruhe). Papa — ich bitte Dich dringend, ruhig zu bleiben — daran ist nichts mehr zu ändern — garnichts.

Mixius (erstaunt). Woran ist nichts mehr zu ändern?

Langner (kläglich). Denken Se sich doch nur! Stellen Se sich doch nur vor — — er will — er will . . . .

Fritz (ihm in's Wort fallend.) Ja — ich will mich von meiner Frau trennen.

Mixius (etwas sakrastisch). Wirste Dir wohl noch'n Bischen überlegen.

Langner (wie oben). So'n Scandal — so'n Scandal — Doctor, denken Se sich doch! Was soll denn die Welt dazu sagen?! . . Was werden nur die Leute? . . . .

Mixius (sieht Fritz gespannt an).

Fritz (rasend). Scandal? Welt? Leute? — Hol' der Teufel die Welt und die Leute! Scheer' mich nicht (schnappt mit dem Finger) soviel um dem Scandal! Das hab ich nun doch endlich gelernt! Scan=

da! . . . Wo es sich um mein ganzes Leben handelt! Ja, glaubt Ihr denn — glaubt Ihr denn ich — ich könnte nur noch — auch nur noch eine Woche . . . .

Mixius. Du, thu mir den einzigen Gefallen . . . .

Fritz. Laß mich! . . . laß mich! . . . ich will . . . . ich will nichts hören! . . .

Mixius in überlegener Ruhe). . . . Du . . . Du bist ja krank. Du redst Dich ja um den Verstand — lächerlich! . . wer soll Dir denn das glauben? Das kann doch nicht Dein Ernst sein! . .

Langner (in äußerster Angst). Krank is er . . . . krank! . . . Se haben Recht, Herr Doctor! Stellen Se sich doch nur mal vor — was er da anstellt! So 'n liebes, herziges Frauchen! . . . Sorgen sind nicht . . . . Junge Leute . . . . machen sich mit Gewalt unglücklich . . . . nu sagen Se . . . . nu sagen Se . . .

Mixius. Aber hör' mal . . . . nu waren wir gestern Abend doch schon im Reinen . . . . Du warst doch schon ganz beruhigt. Und nun mit einem Schlage — — ich begreif' Dich wirklich nich! Von gestern bis heute! . . . .

(Kurze Pause.)

Fritz (streicht mit beiden Händen über die Augen, sieht wie überlegend einen Augenblick die beiden an).

Langner und Mixius (stehen regungslos da).

Fritz (schwach). Ja — ja — von gestern — zu heute — — — von gestern bis heute — wie Du sagst . . . . so war's . . . (in Gedanken) wie ich so dalag, diese Nacht, diese endlos lange Nacht, schlaflos — gepeinigt — allein — in diesem leeren, öden Hause, in all der Einsamkeit — da (erregter) da — gingen mir die Augen auf .... da sah ich, wie unsäglich elend wir uns beide gemacht haben .... und (leiser) und da .... da kam ich zu diesem Entschluß, den ich von mir gewiesen, die ganze Zeit hindurch (gesteigert) gegen den ich mich gewehrt hatte wie ein Verzweifelnder. (Sieht die beiden einen Moment an, tonlos): Und jetzt — jetzt sollt Ihr alles wissen. (In wilder Erregung). Und jetzt — jetzt sollt Ihr wissen, was ich in diesen Wochen .. in diesen Monaten gelitten habe ... wie ich es mit mir herumgeschleppt habe — unablässig .. wie ich dagegen gekämpft — wie ich damit gerungen habe mit all meiner Kraft. (Wehmütig). Und diese Sehnsucht — diese ewige Sehnsucht nach dem, was ich verloren .... (sich scheu umblickend) und dann — wie ein Verbrecher kam ich mir vor, (leiser, mit irren Blicken) wie ein Verbrecher — wenn ich an sie zurückdachte ....

Langner (entsetzt). Fritz! ... Um Gotteswillen — Fritz ....

Fritz (wie oben). Wie ich vor mir selber flüchtete! .. Wie ich gegen diese Erinnerungen mich — mich — mich — wehrte! ... Und wie ich mich trotz alledem in dieser Sehnsucht aufrieb .... wie es mich mit unwiderstehlicher Gewalt zu ihr zurückzog ... (lacht bitter auf) und dann — dann klammerte ich mich an diese Pflicht (aufschreiend) an meine Pflicht (krampfhaft) biß mich darin fest, betäubte mich damit, wie mit einem Gift, bis es durch meine Adern kroch, mir das Blut — mein Blut ver—verunreinigte — und mich zum elenden Krüppel machte! (Bebend). Ich kann ja so nicht leben! . . .

Langner (erschüttert). Fritz — mein — mein guter Fritz! . . . ä—ä— nee — — Du — Du — — Du bist — nee — nee Du — nee — nee Du redst ja wie im Fieber — — — nu sehn Se doch — lieber Doctor — — nu sehn Se doch — nu helfen Se doch . . . nee so hab' ich den Jungen — ja noch garnich gesehen . . . das . . . das . . . . lieber Mixius — lieber Mixius —

Mixius (besänftigend). Herr Langner — aber Herr Langner . . .

Langner (außer sich, geht auf Fritz zu). Lieber Junge (weich) mein einziger Junge . . . . Du weißt . . . . ich hab' Dich stets . . . , wir haben . . . . wir haben ja niemals . . . . Du bist ja unser Ein und Alles . . . was haben wir alten Leute denn noch sonst auf der Welt . . . nich wahr, mein lieber Junge — nich wahr, das haste nur so hingesagt . . . Du — Du wirst ruhiger werden . . . Du . . Du wirst Dir's noch überlegen . . . . Du bist jetzt aufgeregt . . . es is . . . es is . . . ja . . . da redt man ja . . . da redt man ja vieles . . . das — das thust Du DeinenEltern . . . Deinen armen Eltern nich an . . .

Fritz (schweigt).

Langner. Nu — nu — Fritze — red' ein

Wort — sage ... sag's mir ... nich wahr ... es ... es .. Du hast Dir's anders überlegt ... Du hast Dir's ...

Fritz. ... Lieber Vater ... mein lieber — lieber Vater, wie mir das weh thut ... aber — aber — ich kann nicht anders — wahrhaftig ich kann nicht , ...

Langner (sinkt wie gebrochen in einen Sessel, schluchzt heftig). Das — das ... das will er uns anthun! ... Das will er uns anthun! ...

Fritz (wendet sich ab).

Mixius (tritt zu Langner heran). Nu — nu beruhigen Sie sich doch, Herr Langner. Ich kenne Fritz. Er ist noch nicht so weit. — Das überlegt er sich noch zehnmal .... so setzt er sich nicht über alles hinweg.

Langner (hebt den Kopf, sieht gramvoll auf Mixius, wankt gebrochen zu diesem hin). Ja, ja, Herr Doctor ... so is es ... es is ja doch mein Fleisch und Blut ... das wird ... das kann er nicht thun .... er wird sich ... wie sagten Sie? .. er wird sich nicht über alles hinwegsetzen ... mein Sohn ... mein Sohn wird nicht die Ehe brechen ...

Fritz (dumpf, leise). Ehebrechen — ehebrechen ... (Aufschluchzend). Ja — es ist eine Ehe gebrochen worden — eine heilige Ehe ...

Frau Gebhardt (ist eingetreten, steht totenblaß an der Thür.)

Fritz (richtet sich wie aus tiefstem Schmerze auf, zuckt

zusammen, geht langsam auf Frau Gebhardt zu, vor der er mit erhobenem Kopfe stehen bleibt.)

Alle starren entsetzt auf Fritz.

Fritz. Gnädige Frau! Ich wußte nicht, daß Sie im Hause waren. Ich hätte Ihnen diese peinliche Scene — mein Wort darauf — gern erspart. Aber nun ist es gesagt — und nun noch dies: Ich beklage tief alles, was geschehen ist, aber ich versichere Ihnen, nicht Mella's Fortgehen, etwas viel tiefer Liegendes trennt uns. Wir, gnädige Frau, wir beide passen nicht zusammen, sind nicht für einander geschaffen. Wir haben nichts — nichts miteinander gemein, und darum, gnädige Frau, darum ist es eine Grausamkeit, uns zusammenzupferchen. Wahrhaftig ich beklage es tief, in das Schicksal Ihrer Tochter so verhängnisvoll eingegriffen zu haben und kann Sie nur bitten, mir zu verzeihen. Leben Sie wohl! (Er wendet sich zu gehen.)

(Der Vorhang fällt.)

## Vierter Akt.

Zimmer bei Lieschen wie im ersten Akt.

Unverändert, bis auf einen Divan mit kostbaren, weißen Fellen belegt. Brennende Lampe auf dem Tisch. Es ist Abend.

---

Frau Röseler (lehnt aus dem offenen Fenster, schwenkt den Staublappen aus, schließt das Fenster, stäubt auf dem Schränkchen die Nippes ab, geht zur Console des Spiegels, nimmt zwei kostbare Bouquets von Maréchal Niels und La Francen, stellt sie auf den Tisch, nachdem sie sie einzeln mit Wohlbehagen betrachtet hat. Wischt das Spiegelbrett ab, stellt das eine Bouquet zurück.

Erich (tritt ein, flüsternd). Gun' Abend . . . (weist auf die Portiére, ironisch). Is se denn schon auf?

Frau Röseler (erschreckt). Ha Jeses, Junge, wie biste denn blos reinjekommen?

Erich. St!!! Reingekommen! . . Hab' Marien auf der Treppe abjelauert, hat mir'n Drücker jegeben . . .

Frau Röseler. Nee, Junge, nee — nee — daß De Dir hier noch rauftraust . . . bejreif' ich nich! Laß' Dir man ja nich vor Lieschen sehen! Is scheen wütend auf Dich! . . .

Erich (frech). Ha Jeses — Ha Jeses — Hast wohl ooch schon Angst vor de Madame! . . .

Frau Röseler. Junge — Junge — se is nich jut auf Dich zu sprechen! 'N— Krach hat se mir jemacht, sag' ich Dir, daß mir Heeren und Sehen verjing.

Erich. Na Dich hat se ooch schon scheen unter . . .

Frau Röseler. Na hör' mal — das mit'm Director — das nimm' mir nu nich iebel — da heert's wirklich uff! . . Jehst dahin unn schwindelst'n Jeld ab. — Weißte, wenn das Dein sel'ger Vater erlebt hätte . . . is ja jemein! . . .

Erich. Ach Jott — ach Jott — halt mir keene Leichenreden! Was der sich schon aus fünfhundert Mark macht!

Frau Röseler. Es is unn bleibt 'ne Jemeinheit, sag' ich Dir! Lieschen hat janz Recht, des bleibt auf uns sitzen — Du machst mir ieberhaupt scheene Sorgen — nischt als Sorgen . . . (weinerlich) des is nu der Dank für all' die Plackerei — unter de Erde bringen einen sone Kinder, hab' ich mir auch nich träumen lassen . . . . Was soll denn nu blos aus Dir werden? Zu nischt taugste . . . . (lauernd). Haste denn nu schon 'ne neue Stelle? . . .

Erich. Ach was — Stelle! Dabei kommt doch nischt raus!

Frau Röseler. Na — watt denn — watt denn — möchste vielleicht von Deine Zinsen leben?

Erich. Zinsen! Wenn ich man blos'n paar Jroschen Jeld in de Fingern kriegte — sollste ma wat erleben.

Frau Röseler. Ja, dett wird' ick ooch! Durch=
bringen thäteste's — wie immer. Durchbringen — —

Erich. Jarnich — jarnich — nach Westend wird ich jehn und nach Hoppejarten — da is noch wat zu wollen — sag' ick Dir... Een Freund von mir....

Frau Röseler. Faule Sache... des is de richt'ge Hehe — Junge — Junge!...

Lieschen (tritt in Unterrock und Mieder ein).

Erich und Frau Röseler (erschreckt).

Erich (dreht seinen Hut in den Fingern).

Frau Röseler (eilt auf Lieschen zu). Liesken — biste denn schon auf? Haste denn ooch jut jeschlafen?

Lieschen (Frau R's Frage überhörend, zu Erich, barsch). Was willst Du hier?

Erich (verlegen). Willst mir woll's Haus ver=
bieten?

Lieschen (zornig). Ja, das will ich. Wie'n Lump haste Dich benommen!...

Erich. Du, setz' Dir man nich auf's hohe Pferd! Imponirt mir nich!

Lieschen (wütend). Scheem' Dich was! 'N Be=
trüger biste. Verstehste! 'n Verbrecher! Weißte, wo Du hinjeheerst?

Erich (frech). Wenn so Eine, wie Du das sagt, ...da lach' ich!... Heerste — da lach' ich einfach!...

Frau Röseler (begütigend). Junge — Junge — sei doch man vernünftig! Se hat woll nich recht!

Erich (mürrisch). Ach was! Se soll sich nich so haben!

Lieschen (außer sich). Mach', daß Du auf der Stelle rauskommst! Und laß' Dich nicht mehr bei mir sehen. Wir beide sind geschiedene Leute!

Frau Röseler. Aber Lieseken .... aber Lieseken ... reg' Dir doch nich uff! .... Um Jotteswillen ...

Lieschen (mit drohendem Finger). Raus, auf der Stelle — ich wer' Dir das anstreichen, meinen ehrlichen Namen ....

Erich (hohnlachend). Ehrlichen Namen! Hach Du lieber Gott! ... Ehrlichen Namen! ...

Lieschen (hat inzwischen die Thür aufgerissen).

Erich (polternd ab).

Frau Röseler (begleitet ihn).

Lieschen (durch die Portière ab, kommt im Frisiermantel zurück, setzt sich vor den Spiegel und beginnt ihr Haar zu ordnen).

Frau Röseler (tritt in demselben Augenblicke ein), (seufzend). Ach — der Junge — der Junge — was soll blos daraus werden! ...

Lieschen (vorwurfsvoll). Hätt'ste Dir früher überlegen sollen ... Du hast'n verdorben! ... Du hast'n von Jugend auf verhätschelt und verzogen ... da hast'es nu ...

Frau Röseler (beleidigt). Na nu bin ich schuld — nich wahr? Natierlich ... Sone arme Mutter ...

... auf die hauu se nachher alle los ... Wenn's nach mir jejangen wär, wärt' Ihr beide anders jeworden.

Lieschen. Na davon sei man still, Mutter, darüber wollen wir lieber nich reden. Könnte Dir sonst ... (hält die Brennscheere über die Schulter). Halt' mal über de Lampe, Mutter .... (kurze Pause).

Frau Röseler (giebt ihr die Scheere zurück).

Lieschen. So'n Bengel, so'n Strick — (in verändertem Ton). Was soll denn der Mann von mir denken! Weißte, wie ich den Mixius da auf der Straße traf, und der mich fragte, ob ich nu wieder gesund wäre und mir die ganze Geschichte von Erichen erzählte, hab' ich gedacht, ich soll in de Erde sinken ...

Frau Röseler. Na — schcen hat sich Dein Director gegen Dich voch nich benommen. So brauchste Dich also nich zu haben ... Seh' ich jarnich ein! ...

Lieschen. Das ist mir ganz gleich, Mutter, mir wenigstens soll er nichts vorzuwerfen haben.

Frau Röseler. Begreif' Dich nich ... Was willste eijentlich ... Hast doch jetzt nischt mehr nach'n zu fragen, wo De nu den Attaché hast ... (spöttisch). Du liebst'n woll vielleicht noch jar? ...

Lieschen (fährt gereizt auf, wirft die Haarbürste geräuschvoll auf die Spiegelplatte und wendet sich zu Frau Röseler). Na, Mutter .... das ... das laß' man — das ... das ... hörste ... das vertrag' ich nich ... ein für allemal ...

Frau Röseler. Herrjott, Herrjott — Herrjott ... hast'n doch jeschrieben ... nu weiß er doch wie's steht ... is ja jut ...

Lieschen. Wenn ... wenn er nur ... wenn er den Brief nur gekriegt hat ... ich hätt' schon Antwort haben müssen.

(Kleine Pause).

Frau Röseler. Du ...

Lieschen (bleibt stumm).

Frau Röseler. Du ... war jestern Abend eijentlich recht jemietlich. Prettwitzen hab'n se iebrijens wieder scheen vorjenommen. 'N bischen hat der ja blechen müssen ...

Lieschen. Was dem das schon schadt ...

Frau Röseler. Na — erlaube mal ... fünf= hundert Emchen ... is woll jarnischt? ...

Lieschen. Och der ... Unsinn ... de halbe Provinz Ostpreußen jehört'n ...

Frau Röseler. Du, der is woll noch reicher, wie Dein Marchese? ...

Lieschen. Na — nun ob ... so'n Italienischer, der hat's nich so ...

Frau Röseler (lachend). Haste eijentlich mal den Yin=Chang bei 'n Tempeln beobacht't? Zum Schrein! Wenn der so mit die kleenen, jeschnitzten Stahlkneppe nach de Joldsticke schielt ... Da — da is er janz wild nach ... (neugierig). Hat der ooch 'n Verhältnis — der Japanese? ...

**Lieschen** (gleichgültig). Ja — eine aus'n Coursaal ... is nichts dran ...

**Frau Röseler** (wichtig). Du ... hat Dein Fernando wieder mit Dir jeteilt?

**Lieschen** (abwehrend). Ach ... hat ja nich viel gewonnen ...

**Frau Röseler.** Erlaube mal, was ich so jesehn habe — unberufen — ne janze Familie könnt' davon leben ...

**Lieschen** (aufhorchend). Mutter ... hat das draußen nicht geklopft?

**Frau Röseler.** Kann ja ... wollen jleich mal nachsehen ... (geht heraus, draußen). Seh mal ... sch mal ... Donnerwetter ... Liesekeu ... Liesekeu ...

**Frau Röseler.** (Mit großem Settkorbe am Arm, hinter ihr ein Livréediener). Was sagste dazu? (dreht sich zum Diener um). Von wem?

**Diener** (in der Thür). Von Uhl ...

**Frau Röseler** (erstaunt). Von Herrn Uhl? ... Wo haste denn den nu schon wieder kennen jelernt? Is das ooch 'n Attaché? ... (erstaunt). Man blos Uhl? ...

**Lieschen.** Ach — Unsinn — (zum Diener). Sie haben wohl'n Brief für mich?

**Diener** (lächelt, nimmt ein Couvert aus der Tasche). Hier — bitte ...

**Lieschen** (faßt in die Tasche). Wo is denn mein Portemonnaie, Mutter?

6*

Frau Röseler (nimmt es aus ihrer Tasche). Hier, mein Lieseken, hier . . .

Lieschen (giebt dem Diener ein Geldstück). Da . . .

Diener. Danke sehr. (ab).

Lieschen (reißt den Brief auf).

Frau Röseler (tritt hinter ihren Stuhl und sieht ihr über die Schulter hinweg). Heut' — heut' Abend schon wieder! . . . Da schlag' Eener lang hin! . . . 'N bischen happig! . . Die kriegen woll des Spielen jarnich ieber? . . . Wann wollen se denn kommen, Lieschen?

Lieschen. Aber gleich . . . kommen direkt von Uhl . . .

Frau Röseler. Uhl? . .

Lieschen (ungeduldig). Na ja . . . 's 'n Restau= rant, . . essen se . . .

Frau Röseler (enttäuscht.) Ach so . . . Was willste denn anziehn, mein Kind? 's Meerjrüne? . . 's Jrauseidene mit de Matinée? Oder — — —

Lieschen. Wer'n wir ja sehn . . . (steht von der Toilette auf, tritt dicht vor Frau Röseler). Weißte, Mutter, 'ch hab' doch nu den ganzen Tag — bis auf'n Abend geschlafen — aber . . . kann mir nich helfen . . . hab's noch immer in'n Gliedern . . .

Frau Röseler. Wenn man's so nimmt — Lieseken . . is doch eijentlich — ne janz verkehrte Welt, wie Ihr da so lebt — ob dett eijentlich mag jesund sein?

Lieschen (resigniert). Och — män gewöhnt sich

an Alles . . . (nachdenklich) solange man jung is . .
und nachher . . . (zuckt die Achseln).

Frau Röseler. Weißte, Liesekeu, 's wollt' ich
Dir schon immer sagen . . . wo de das woll her
haben magst: so'n Hausstand vorzustehen, de Allieren
zu machen um de Honnehrs . . . Alle Achtung —
vor Dir jesehn haste's doch nich . . .

Lieschen. Och — das lernt man.

Frau Röseler (wichtig). Der Rittmeister hat's
neulich zu Prittwitzen auch jesagt . . . meinste sowas
hör' ich' nich? . .

Dienstmädchen (öffnet die Thür im Umschlagetuch,
Korb am Arm). Fräulein — — —

Lieschen. Ja? . . .

Dienstmädchen. Da is'n Herr . . .

Lieschen (schnell). Lassen Se'n eintreten . . . .
soll'n Moment warten (zu Frau Röseler). Wer kann denn
das schon sein?

Frau Röseler. Laß' man. Ich wer' mit'n reden . .

Lieschen (abwehrend). Mutter, wie Du aussiehst
. . . Komm . . .

Frau Röseler (zögert noch einen Moment).

Lieschen (dringend) Mutter . . .

Lieschen und Frau Röseler (ab).

Dienstmädchen. Bitte! . . . Fräulein kommen
gleich . . . Nehmen Sie Platz (ab).

Fritz (tritt ein, sehr blaß, sehr nervös, setzt seinen Cy=
linder auf ein Tischchen, mit einem Blick übersieht er das ganze
Zimmer, es zuckt in seinem Gesicht, wie er die Bouquetts sieht.
Ein bitterer Zug tritt um seine Lippen, da er jetzt den neuen

Divan erblickt. Er streicht über seine Stirn, greift, wie instinctiv nach seinem Hut, macht eine schnelle Bewegung zur Thür).

Frau Röseler (tritt ein, schwarzes Spitzenhäubchen auf dem Kopfe, perplex). Herr Director?! . . . Nee — ich seh' woll nich recht . . . (streicht ihre Schürze glatt). Ne jroße Ehre — ne jroße Ehre — aber . . .

Fritz (kopfnickend). Ich bin's, Frau Röseler . . . Sie hätten mich hier wohl nicht erwartet . . .

Frau Röseler (gerade zu). Na — weeß Jott — nee — Herr Director — das hätt' ich nich . . .

Fritz. Ist Ihre Tochter da?

Frau Röseler (schnell). Da . . . da . . is se — ja — aber (wichtig) Se wern se woll nich sprechen können . . Se is sehr beschäftigt . . . se hat sehr zu thun . . . und — das (kleine Pause) iebrijens das wejen Erichen, das wissen wir schon . . . deswejen kommen Se woll auch blos . . . (frech) das hat er hinter unsern Ricken, — sowas hab'n wir — Jott sei Dank — nich neetich . . . das Jeld Herr Director, kriejen Se wieder, na selbstredend . . . hat meine Tochter jleich jesagt — war ihr erstes Wort . . . .

Fritz (sarkastisch). Freue mich sehr, Frau Röseler, das es Ihnen so gut geht.

Frau Röseler (prahlerisch). Och, — Herr Director, wenn Se davon anfangen, na da können wir ja wahrhaftigen Jott nich klagen. So hat es uns überhaupt noch nich jejangen . . . Lieschen hat de janze Bel-Etage jemietet . . . wohne ooch bei ihr . . . jetzt hat's n janz andern Anstrich . . . ich mache de Honehrs, Herr Director . . .

Fritz. So — so — so ....

Frau Röseler. Ja ... nun was das Jeld an=
langt ... ach Jott ... hab'n wir wie Heu.
(Vertraulich.) Is eener von de Aristokratie ... wat
jag ick denn ... von de Diplomatie ... Jesandt=
schafter ... Nu brauch ick Ihnen nich zu sagen
... wissen Se ja selber ... das is 'ne Sache!
Lieschen hat Jlück jehabt — is janz jut, daß es so
jekommen is ...

(Kleine Pause, Fritzens Blick fällt auf den Sektkorb.)

Fritz (lacht bitter und hönisch auf während sein Gesicht
sich schmerzvoll verzieht).

Frau Röseler (großthuerisch). Det is man erst
so 'n kleener Zug von ihm ... Hat er eben von
Herrn Uhl jeschickt. (Achselzuckend.) Sie kennen wohl
Herrn Uhl nich? Natierlich. Is man blos for so'n
kleenet Dijeune heut Abend — wenn er nu — nu
aberst erst eine Suppeeh macht — denn soll'n Se ma
was erleben! ... Nun — nun — was seine Freunde
sinn — p!! — na Spaß — (zählt auf) Zwei Jrafen,
drei Baröner, een Rittmeister, der japanesische Prinz,
da — ach Jott — ich weeß janich mehr, wer noch
allens dabei is. (Boshaft). Unn die stehn alle sehr
jut mit mir, da is keener, den ich in' Wege bin.
In Jejenteil ...

Fritz. Hm — hm — — —

Frau Röseler (wie oben). Unn wat Lieschen
for Brillanten jetzt hat ... hoch — — (mit einem
Blick die Wanduhr streifend) Herr Jeses ... stimmt

denn das? . . . Sehn Se ma nach, Director . . . Is et wirklich schon so spät?

Fritz (gedankenvoll). Stimmt — ja — stimmt . . .

Frau Röseler (lacht). Se kommen nemlich jleich — meine Tochter ihre Freunde — äh — äh — Se wer'n's — Se wer'n's mir nich übel nehmen . . . thut mir wirklich leid . . .

Fritz (wendet sich ohne Gruß zur Thür).

Lieschen (in elegantem Negligé tritt ein).

Frau Röseler (gedämpft). Bleib' doch Du — —

Fritz (macht eine unschlüssige Bewegung halb zur Thür, halb zu Lieschen, dann geht er entschlossen zur Thür).

Lieschen. Fr . . . (sich verbessernd) Herr Langner . . . Mutter, bitte . . .

Frau Röseler. Jeh' ja schon. (Will Lieschen was in's Ohr flüstern.)

Lieschen (abwehrend). 's gut . . . 's gut . . . .

Frau Röseler (ab). (Kurze Pause.)

Lieschen (verlegen). Wollen Sie . . . wollen Sie nicht einen Augenblick Platz nehen?

Fritz (bitter). Sie erwarten Ihre Freunde . . . ich will nicht stören . . .

Lieschen (leise). Ich bitte Sie einen Moment noch . . .

Fritz (sich um umsehend, kalt). Ich — ich müßte wirklich nicht, Fräulein . . . und was die Angelegenheit Ihres Bruders betrifft . . . Ihre Mutter hat mir bereits alles gesagt.

Lieschen (betheuernd). Ich hätte, wahrhaftig . . . ich hätte mich Ihnen nicht wieder in Erinnerung ge=

bracht … ich (verlegen) ich … ich habe auch lange mit mir gekämpft, eh' ich mich dazu entschloß, Ihnen zu schreiben … aber das … das konnt ich doch nicht auf mir sitzen lassen …

Fritz (kühl). Allerdings — allerdings — ich begreife vollkommen —

Lieschen (herzlich). Jedenfalls — war es lieb von Ihnen, daß Sie sofort bereit waren, mir zu helfen.

Fritz (kalt). Ich muß — ich muß das entschieden zurückweisen. Ich bin nicht hierhergekommen, mir Ihren Dank zu holen.

Lieschen (plötzlich den Ton ändernd). Ich — ich muß auch gestehen, daß ich — daß ich — (hastig) auf Ihren persönlichen Besuch nicht gerechnet hätte, ich bin auch noch ganz fassungslos … nach allealledem, was sich zwischen uns beiden … Nein — das hab' ich nicht erwartet …

Fritz (bitter). Ja, man erlebt manches, was man nicht erwartet.

Lieschen (sieht ihn eine Weile stumm an). (Leise). Ich glaube beinahe, Sie sprechen aus tiefster Erfahrung.

Fritz (sieht sie groß an, fest). Wie meinen Sie das?

Lieschen (leise). Sie sehen nicht aus, als ob Sie glücklich wären.

Fritz. Daß Sie dafür noch Interesse haben! …

Lieschen. Das wundert Dich? …

Fritz (es zuckt in seinen Zügen, schmerzlich). Ja, denn Du bist anders — ganz anders geworden …

Lieschen. Und Du? .. Du etwa nicht? . , . Bist Du noch derselbe?

Fritz. Nein — nein — ich bin nicht derselbe — ich bin nicht mehr derselbe — ich — ich — — (wendet sich ab.)

Lieschen. Ja — Du hast Dich elend gemacht . . . (weich) Du, Fritz, kannst Dich nicht verstellen . . . Weiß noch immer auf Deinem Gesicht zu lesen.

Fritz (ausbrechend). Nein — ich kann mich nicht verstellen — ich — ich bin hierhergekommen . . .

Lieschen (kaum hörbar). Wozu bist Du hierhergekommen?

Fritz (tritt an's Fenster, seine Augen heften sich starr auf einen Punkt, er spricht gleichsam wie abwesend). Ich — ich glaubte, ich würde Dich wiederfinden — ich hoffte, — ich träumte, ich würde Dich wiederfinden, wie ich Dich verlassen habe . . . und dann — dann war alles anders — so ganz anders . . .

Lieschen (traurig). Ja, so ganz anders . . . So, wie es kommen mußte . . . .

Fritz. Mußte? Mußte — es so kommen! Mußtest Du so werden? So werden — Herrgott — Herrgott! . . nur ein paar Monate — nur ein ein paar Monate — war denn das so furchtbar schwer?

Lieschen (leise). Ein paar Monate — ein paar Monate und dann — was dann? . . .

Fritz (wie oben). Gab es denn gar keinen Weg — gab es denn gar keine Möglichkeit — keine leise Möglichkeit — ja fühltest Du denn nicht — wußtest

Du denn nicht . . . daß ich wiederkommen würde — müßte? — Sahst Du denn nicht, wenn Du abends die Lampe anstecktest, bange zur Thür, als müsse sie sich öffnen, und ich wiederkommen? (hält einen Moment inne.) Warum versuchtest Du nicht alles? . . . Alles? . . Um — um . . . .

Lieschen (sieht ihn durchbohrend an.) Um? . . . um? . . .

Fritz (dumpf). Um mir das nicht anzuthun.

Lieschen (betroffen). Das . . . das sagst Du? Du, der das aus mir gemacht hat? Als Du damals fortgegangen warst, so von mir fortgegangen, und als ich dann wiederkam — in dies — — Zimmer, wo mir all die Wärme entgegenschlug, dieser — dieser heiße Dunst, so daß ich nichts mehr sehen konnte, (leidenschaftlich) bis ich mit einem Male sah — sah, daß Du feige fortgegangen warst, fortgegangen in dieser Stunde — (verächtlich) um einen fremden Mann mit mir handeln zu lassen, mich mit Geld kirre zu machen, — da — da — (wendet sich voll Abscheu ab) ach pfui! . . . (dumpf) Damals in dem Augenblicke bin ich gemein geworden . . . gemein . . . Zuerst — weißt Du . . . zuerst — da . . . da dacht ich . . . ans Wasser . . . an . . . . Herrgott — was weis ich! . . . Aber auf einmal fing ich zu lachen an, laut und gemein zu lachen. (dumpf) Du — nur Du hast Schuld; — Du hast mich zur Dirne gemacht! . . .

Fritz (vor sich hinstarrend). Alles — alles vorbei . . . zu Ende . . .

Lieschen (unvermittelt). Was ist bei Dir passiert?

Fritz (höhnisch.) Passiert? Passiert? Nichts — rein gar nichts. Was soll denn auch passieren? Man thut sich zusammen, man läuft auseinander. Man lernt eben lachen, — gemein zu lachen.

Lieschen (resigniert). Sieh mich doch an! Was wird aus mir werden, meinst Du?

Fritz (bleibt stumm).

Lieschen (wie oben). Denkst Du ich weiß das nicht? Denkst Du ich weiß nicht, wie lange das dauert? — (weich) Dich hab' ich lieb gehabt — Dich. Das — das is vorbei. Das kommt nicht wieder ... Die andern ... die Andern ... Du lieber Gott, das geht nun so weiter, bis man unten angelangt ist, ganz — ganz unten. (herbe). Ich sage Dir, die Herren verstehen's einen hinunterzustoßen — die hohen Herren .... Und was sich dabei alles noch an Einen hängt, was man nicht abschütteln kann, nicht loswerden ... und was Einen nur immer noch tiefer zieht, noch schlechter macht.

Fritz (bitter). Du kannst Dich mit mir trösten, — mit mir .. (schweigt einen Moment, reißt plötzlich den Kopf empor, sein Blick heftet sich weit an die Wand, er bebt am ganzen Körper, athmet hörbar auf).

Lieschen (erregt, ängstlich). Was denn? Was hast Du denn?

Fritz (lallend). Du — Du — am ... am Ende ... Du — ich — —

Lieschen (starrt ihn großäugig an, ihre Züge verklären sich), sie greift mit beiden Händen an die Schläfe, sie öffnet halb den Mund, als sähe sie plötzlich etwas Wunderbares, Strahlendes)

**Frau Röseler** (den Kopf durch die Thür steckend — langgezogen). Lie—se—ken . . . Lie—se—ken . . .

**Lieschen** (läßt die Arme schlaff sinken, ihre Haltung wird matt, ihr Kopf fällt auf die linke Schulter).

**Fritz** (zuckt zusammen, blickt düster zur Erde).

**Draußen** (Faustschläge an der Entréethür, trunkene Stimmen durcheinander singend).

**Frau Röseler** (wieder ihren Kopf durch die Thür steckend, wie oben, ängstlich). Lie—se—ken.

(Der Vorhang fällt.)

## Fünfter Akt.

Zimmer wie im zweiten Akt, Mella sitzt in einem Sessel, Frau Gebhardt steht vor ihr.

---

Frau Gebhardt. Kopf hoch, mein liebes Kind.

Mella (sieht sie gramvoll an).

Frau Gebhardt. Wer wird sich denn so hingeben . . . so . . . im Leben tritt so viel an einen heran. Da heißt's stark sein, sich nicht unterkriegen lassen . . . Hab' auch manches durchgemacht.

Mella (weich). So etwas nicht — Mama — das ist das Schlimmste.

Frau Gebhardt. Das Schlimmste — Du lieber Himmel — kennst eben das Leben nicht — so was — so was kommt täglich vor.

Mella (verbittert). Täglich? . . täglich? sagst Du . . . und Du glaubst wirklich, daß Andere das so hinnehmen, das ist ja . . .

Frau Gebhardt. Kind . . . Kind . . . glaube mir doch . . . . das liegt nun mal in den Verhältnissen, das ist etwas, was sich nicht ändern läßt . . . Jeder, jeder Mann hat seine Vergangenheit . . .

Mella (bitter). Traurig genug, wenn man sich schon darüber hinwegsetzen muß ... Aber das ... das, was er mir angethan hat ... zurückzukehren zu so einem Frauenzimmer.

Frau Gebhardt. Ja — ja, liebes Kind, ja ja ... aber ...

Mella. Nein, Mutter — da — da giebt's kein Aber ... das ...

Frau Gebhardt (begütigend). Nun sei doch nur vernünftig, hast mir's doch versprochen.

Mella (schluchzend). Das — das ist eine Beschimpfung! ...

Frau Gebhardt. Ich will ja nicht — ich will gewiß nicht ... aber bedenke doch, in welcher Verfassung er war, wie ihm zu Mute gewesen, das ... das hat er ohne Besinnung ... da ... da thut man ja manches ... das kann er ... das ... das hat er sich nicht überlegt ...

Mella. Nein, Mutter, nein, das verwinde ich nicht, — niemals ...

Frau Gebhardt. Ich hätte ... vielleicht hätt' ich wirklich alles seinen Gang gehen lassen, aber siehst Du ... jetzt — jetzt muß man doch Rücksichten ...

Mella (mit Abscheu). Ach, wenn ich daran erst denke.

Frau Gebhardt (ernst). Daran mußt Du denken. Das ist das Erste, woran Du zu denken hast. Denn jetzt, Mella, jetzt beginnt etwas ganz Anderes, etwas — ja — etwas Neues ...

Langner (in der Thür zu seiner Frau). Scheen! Ziehste de Gelben an . . . (Zu Mella und Frau Gebhardt in höchster Liebenswürdigkeit). Nu — nu — da — sind wir ja . . . (in forcierter Lustigkeit). Sind wir ja! Ihr Diener! Ihr Diener, meine Damen! (Zu Frau Langner). Nu natierlich — w—wir sind glücklich wieder de Ersten — hab' ich Dir doch gleich gesagt. (Zu Frau Gebhardt). Alte Garde immer voran. Wie ist das Befinden, Verehrteste? (Zu Mella). Nu, mein Tochter? (küßt Mella).

Frau Langner (zu Frau Gebhardt). Mein Mann, wissen Sie, wenn 's so zum Essen geht . . . nich zu halten . . .

Frau Gebhardt. Setzen sie sich nur, Frau Langner, setzen Sie sich nur! Sind ja noch ganz echauffiert!

Langner (zieht die Uhr). Nu—'n viertel fünf — wo bleiben se?

Frau Gebhardt. Fritz kommt mit Mixius direct von der Bank, müssen gleich hier sein . . .

Frau Langner. Was? Der Mixius — ein famoser Mensch. Wirklich 'n guter Freund . . .

Langner (listig zu Mella). Sag' mal, mein Tochter . . . is nich . . . is nich für mich was ab= gegeben worden? . . .

Mella. Soviel ich weiß — nein, Papa! . . .

Langner. Nanu? Das is aber komisch. (Hände auf den Magen drückend). Alles was recht ist, . . . jetzt könnten se aber auch kommen! (Zu Frau Langner). Heut sollste mal was erleben!.. Daß De mir nich wieder dreinredst...

Frau Langner. Verdirb Dir 'n Magen! Mach was De Lust hast!..

Frau Gebhardt (lachend). Na, mehr können Se doch nich verlangen; das is doch gewiß liberal!..

Langner (freudig). Was das für 'n Tag heut war! Der blaue Himmel! Die Sonne! Und der Schnee! Wir sind nämlich eben durch 'n Tiergarten gefahren — Rousseau=Insel und Neuer See — — Wagen an Wagen — 'n Corso überhaupt — sowas von Bekannten... in ein'm Grüßen war man... Jettchen hat's Genick weh gethan.. und die Mädels mit den Schlittschuhen (Hände in den Hosentaschen) wie das aussah...

Frau Langner (kopfschüttelnd). Der Alte... der Alte....

Frau Gebhardt (scherzend). Wie alt is er denn nu schon!..

Langner. Siehste... da haste's — da haste's..

Frau Langner. Sowas müssen Se dem blos noch sagen.

Langner (ablenkend, auf Mella deutend). Wie hübsch das Kind heut aussieht... Was Alte? Wie rosig! Backen wie so'n Borsdorfer Aepfelchen... Na — na... nich so'n Gesicht aufsetzen... nich so... wer wird'n gleich...,

Frau Gebhardt. Mella sieht doch ganz ver= gnügt aus! Was wollen Se denn, Herr Langner..

Frau Langner (geht auf Mella zu, flüstert ihr etwas in's Ohr).

Mella. Nein, Mama, wirklich — nein . . .

Frau Langner (besorgt). Dich nur recht schonen, Kind, nur nicht . . .

Frau Gebhardt. Aha — jetzt hör' ich was! . .

Mella (zuckt unwillkürlich auf, alle sehen einen Moment nach der Thür verlegen). Nu will ich aber doch rasch sehen, wie es mit dem Essen steht . . .

Langner. Thu das, mein Kind, thu das . . . Du — Du — Du weißt doch . . . meine einge= machten Nüsse . . . vergiß das nicht . . . fix nu . . fir . .

Mella (ab).

Fritz und Mixius (treten ein).

Langner. Nu da seid Ihr ja. (Zu Mixius). Was meinen Sie, Doctor, wie mein Magen knurrt . . .

Fritz (zerstreut). Guten Tag . ! . guten Tag . . . Wir können ja denn auch gleich. (Geht auf Frau Geb= hardt zu. küßt ihr die Hand).

Frau Gebhardt. Siehst ja so abgespannt aus . . .

Mixius (der inzwischen Langners begrüßt hat, tritt heran). Mich sehen Sie natürlich garnicht an, wo werden Sie denn . . . Mich — mich . . . würdigt natürlich kein Mensch solcher Aufmerksamkeiten.

Frau Gebhardt (steht auf und reicht ihm beide Hände). Im Gegenteil. Sie haben bei mir 'n Stein im Brett . . .

Langner. Dem müssen Se nur noch Compli= mente machen . . . dann werden Sie 'n heute über= haupt nicht mehr los . . .

Frau Langner. Misch' Du Dich doch nich wieder rein!

Mixius (fein lächelnd). Ich werde doch die Ehre haben, gnädige Frau zu Tisch zu führen.

Frau Gebhardt. Es soll mir ein Vergnügen sein.

Langner. Dann können wir ja von der Frau für heute wieder Abschied nehmen. (Zu Fritz). Du — wie schließen denn Lombarden?

Fritz (gleichgültig). 45 — glaub' ich! . .

Langner. Glaubste? Na hör' mal — scheener Bankdirecter! . . . War sonst was los?

Fritz. Nein, Schließt fest.

Dienstmädchen (tritt ein). Herr Langner — da is 'n Mann, der was für Sie bringt . . .

Langner (listig). Aha — aha — Jettchen — geh' mal — nimm's 'm ab — (zu Frau Gebhardt mit dem Zeigefinger) und Sie — Sie können sich's auch mal ansehen . . .

Frau Gebhardt. Da bin ich aber doch neu=gierig. (Ab mit Frau Langner.)

(Kurze Pause.)

Fritz (steht in sich versunken da) Langner (legt ihm die Hand auf die Schulter).

Langner. Junge! . .

Fritz (unangenehm berührt). Du, Vater — nich . . .

Mixius. Lassen Se'n. Er is noch nich so recht in Stimmung.

Langner. Junge . . . Stimmung — sieh mich an, hab' in den Tagen auch was durchgemacht — kann Dir sagen . . .

7*

Mixius. Sie — Herr Langner — haben wirklich eine glückliche Natur . . .

Langner. Glücklich? . . Natur? 'S muß man in der Gewalt haben — sich hinwegsetzen über solche Sachen.

Fritz. Wenn das so ginge . . . sich hinwegsetzen . . .

Langner. Ginge? Muß einfach gehen . . . bei vernünftigen Leuten. Mußt de Sachen nehmen wie sie sind . . . Wozu hat man seinen gesunden Verstand . . . „Lebens ungeteilte Freude" — giebt's nich . . .

Mixius (sieht ihn groß an, mit verhaltenem Lächeln).

Langner (beruhigend). Is nich von mir. Steht da irgendwo . . . Lachen Se nich . . . is 'n wahres Wort . . .

Mixius (in feiner Ironie). Mir aus der Seele gesprochen, ganz meine Weltanschauung.

Langner (zu Mixius). Ja . . . Sie sind 'n praktischer Mensch! Sie passen in de Welt! . . . Sie machen sich keine unnützen Gedanken . . . sind kein Grübler . . . Ich weiß nich, wo er's her hat? — Ich war nie so . . . Hätt ich weit kommen können — an der Börse — damit, — — seine Mutter is auch nich so . . (in anderem Ton). Ueberhaupt — 'n bischen elastisch sein . . .

Fritz. An das Wort, Vater, werd' ich Dich erinnern! (streicht sich den Bart). Für die Lehre bin ich jetzt zu haben!

Langner (sieht ihn betroffen an). Nu — 'ch hab' wohl nich recht?

Fritz. Gewiß hast Du recht... Da, wo ich jetzt angelangt bin, bleibt mir auch garnichts weiter übrig.

Langner (die Hände in den Taschen, breitbeinig). Du mußt Humorist sein... de Dinge von der besten Seite nehmen... 'ch kann Dir sagen: 'n Stein is mir vom Herzen gefallen, daß das hier wieder in Ordnung is... sollst mal sehen, wird alles wieder werden,... (sich selber beruhigend). Man kann garnich wissen, wozu es gut gewesen is... Kannst mir's glauben, das wird noch de scheenste Ehe...

Fritz (bitter). Hast recht, Vater, glaub's selber; — wir — wir werden uns hier weiter nicht stören.

Langner (zu Mixius). Was er für'n Ton anschlägt... Wie er wieder redt — nu hören Se'n doch blos an, Doctor...

Fritz (überlegen). Sei doch zufrieden... 's ja alles so gekommen, wie Ihr gewollt habt... 's wird kein' Scandal geben... de Leute werden nichts zu reden haben... alles in bester Ordnung...

Langner (abwehrend). Skandal.... heute — was fang' ich damit an?... Wer redt' davon?... Glücklich sollt Ihr sein!.. Glücklich... Was — geht denn uns de Welt an!....

Fritz (lacht bitter). Vater — wir haben die Rollen gewechselt... Den Scandal habt Ihr verhüten können. Dem Geklatsch und Gezischel der Leute seid Ihr ja, Gott sei Dank, aus dem Wege gegangen... Von Glück wollen wir nich weiter reden...

Langner (kläglich). Was sagste?...

Mixius. Na, Herr Langner — in so'ner Stimmung — Sie wissen schon, Herr Langner...

Mella (hinter der Scene). Nein, aber entzückend!

Langner. Heerste... heerste... Nu da muß ich doch gleich mal sehen... (ab).

(Kurze Pause).

Mixius. Fritz...

Fritz (bleibt stumm).

Mixius. Fritz — mach 'n anderes Gesicht. Thu Dir 'n bischen Zwang an.

Fritz (sarkastisch, im Galgenhumor). Hast recht! Sein wir fidel! Elastisch, wie der Alte sagt... Humoristen... Amüsiren wir uns...

Mixius (leise, ernst). Du, das kann ich Dir unter vier Augen sagen... ich habe niemals mehr für Dich gefürchtet, als jetzt...

Fritz. Gefürchtet?... Gefürchtet?... Wie meinst Du das?

Mixius (ernst). Du — wie wir beide stehen... so alte Kameraden von der Schulbank her... sei mir nich böse... aber wohin... wohin soll das führen?

Fritz (mutig). Wohin? Das will ich Dir sagen. Als Du mit meiner Schwiegermutter vorgestern zu mir kamst, um noch den letzten Versuch zu wagen, Euren letzten Trumpf auszuspielen — weißt ja, was ich meine — künftiges Familienglück — Vaterfreuden — da wußtet Ihr nicht, was ich eben erlebt hatte

... wie leicht es war, mich mürbe zu machen. In's Gesicht hätt' ich Dir gelacht, hättest Du mir vor achtundvierzig Stunden gesagt, wir würden uns heute an der Familientafel hier wiedertreffen! (leise). Ich weiß nicht, ob Du Dir das vorstellen kannst; man muß das erlebt haben, um es nachzufühlen, wie Einem zu Mute ist, der sein Liebstes im Schmutz wiederfindet ... Wie ich das gesehen hatte ... wie ich von da weggegangen war, da war's mit mir zu Ende ... Ich bin fertig ... für immer ...

Mixius. Und Deine Frau — Deine Familie ...

Fritz. Ich bin ja nun hier, bleibe ja auch ... und was meinst Du, wird daraus: man läuft neben einander her, man zerrt an einer Kette, man büßt seine erbärmliche Feigheit mit einem ganzen Leben, setzt Kinder in die Welt, die zwei Menschen zu einander zwängen, Kinder, die dann in dieser trostlosen Oede aufwachsen und um ihr Bestes betrogen werden. (Kurze Pause). Siehst Du, das steht mir bevor ... das ist meine Zukunft. (höhnisch). Noch 'n paar Jahre und — und man wird immer elastischer ... und schließlich ein Lump ...

Alle (kehren in diesem Augenblick zurück, die Portière ist weit zurückgeschlagen, so daß man die reichbesetzte, gedeckte Tafel mit Weinflaschen 2c. sieht).

Frau Gebhardt. Nein — aber wirklich reizend! Das muß Fritz sehen! ... (zu Mixius). Doctor, drehn Se sich mal um! ...

Mixius (noch halb ernst, überrascht). Nanu! — nanu! ...

Langner. Umgedreht — is nur für Eheleute!

Frau Gebhardt (zu Fritz, ein Etui aufklappend). Sieh nur, dies allerliebste Kinderbesteck . . .

Langner (wirft sehnsüchtige Blicke nach dem Speisezimmer, wo das Mädchen eben die Suppenterrine hereinträgt). Herrschaften! Herrschaften! (zeigt nach dem Speisezimmer).

Frau Langner. Na, Fritz, was sagst Du zu Papa!

Fritz. In der That, Papa, äußerst geschmackvoll!

Langner. Na siehste! Na siehste! Junges Paar voran! (Fritz reicht Mella den Arm, Mixius Frau Gebhardt. Langner seiner Frau).

Langner. Geh'n wir zu Tisch! . . .

(Der Vorhang fällt).